la Scala

WALTER VELTRONI

Quando

Rizzoli

ISBN 978-88-17-09702-4

Prima edizione: novembre 2017

Quando

a Flavia, quella vera

Erano sdraiati uno accanto all'altra e ascoltavano la pioggia.
E così, la vita non è andata bene per nessuno dei due, quantomeno non come ce la aspettavamo, disse Louis.
Anche se adesso, in questo momento, mi sta piacendo molto.
A me sta piacendo più di quanto io pensi di meritare, disse lui.
Oh, ma tu meriti di essere felice. Non credi?
Credo sia quello che mi sta capitando in questi ultimi mesi. Per un motivo o per l'altro.
Continui ad avere dubbi sul fatto che possa durare.
Tutto cambia.

Kent Haruf, *Le nostre anime di notte*

Uno

La suora che stava cambiando le medicazioni a un anziano malato sentì una voce arrivare dal fondo del corridoio. Veniva dal reparto dei lungodegenti, di solito il più silenzioso dell'ospedale. Invece ora da lì saliva, forte e stentoreo, un inno: «Compagni avanti, il gran partito noi siamo dei lavorator…».

Suor Giulia cominciò a correre verso la zona dalla quale si levava l'inusuale canto, la mano sulla testa per trattenere la cuffia che nel suo ordine chiamavano "cornetta".

Non voleva credere a quello che, mentre si avvicinava, le veniva da pensare. Le veniva da pensare che per più di trent'anni da quella stanza non era mai emerso un gemito, un sussurro, nulla. Lì, infatti, giaceva come corpo inerte un uomo che aveva subìto un grave trauma cranico e, da allora, era in coma.

Tutte le mattine, da decenni, suor Giulia passava da lui, gli carezzava la mano, gli dedicava un *Padre nostro* e gli ravviava con delicatezza i capelli.

Era ragazza, quasi una novizia, quando lo aveva visto la prima volta e ne aveva apprezzato i tratti gentili, la folta capigliatura che ogni mese lei gli tagliava. Tutte le mattine lo chiamava, gli ripeteva il suo nome sussurrandoglielo all'orecchio: «Giovanni».

Da parecchio, ormai, nessuno veniva più a trovarlo. La fidanzata si era vista all'inizio, poi le visite si erano diradate. Suor Giulia aveva molto pensato a quella giovane donna e alla sua scelta.

In fondo – ma non era certa che Dio sarebbe stato d'accordo – c'era da capirla: cosa avrebbe dovuto fare? Salutare ogni giorno un corpo spento, senza soffio di vita, senza possibilità di scambiarsi emozioni e parole?

Di tanto in tanto telefonava, con una premura che nel tempo era scemata. Ma non sembrava aver dimenticato del tutto quel ragazzo con il quale aveva messo al mondo una figlia, che lui non aveva mai potuto conoscere. Suor Giulia sapeva che adesso la donna aveva un nuovo compagno e viveva in una fattoria in Toscana.

Tutti questi pensieri, insieme a una specie di *time lapse* del volto di Giovanni che invecchiava, scorrevano nella mente della religiosa che, con il cuore a mille e il fiato corto, stava raggiungendo la stanza del ragazzo, anzi dell'uomo.

Si bloccò sulla soglia, paralizzata dallo stupore. Quel canto cresceva:

«… Rosso un fiore in petto c'è fiorito
una fede ci è nata in cuor.
Noi non siamo più nell'officina,
entro terra, nei campi, al mar
la plebe sempre all'opra china
senza ideale in cui sperar.

Su, lottiam
l'ideale nostro alfine sarà
l'Internazionale
futura umanità!».

Giovanni tacque di colpo fissando il muro di fronte a sé con gli occhi sbarrati. Da sotto il lenzuolo sembrava spuntare la forma di un pugno chiuso. La suora gridò, un urlo muto, svuotato di parole. Ci fu come una pausa, un'innaturale sospensione. Si sentivano soltanto i passi di altri che si precipitavano correndo, alle spalle di Giulia. Lei e Giovanni ora si guardavano in un silenzio irreale. Lui appariva più sorpreso di lei, che forse era più atterrita di lui.

All'improvviso Giovanni, colto da un'infinita stanchezza, strabuzzò gli occhi e ricominciò a dormire. Intanto erano arrivati alcuni giovani dottori che strepitavano: «Chiamate il Professore!».

Non si capiva bene a chi fossero rivolte quelle parole, visto che tutti le pronunciavano all'aria, ma a un certo punto, in fondo al corridoio, in controluce, con passo sicuro e autorevole, si materializzò l'imponente figura del Professore.

La piccola folla che si era accalcata, pazienti, infermieri e specializzandi, si aprì come acque che si dividono e il Professore entrò nella camera. Fece un cenno a suor Giulia perché si avvicinasse. Un cenno che voleva anche dire al resto dei presenti di togliersi dalle scatole. Chiuse la porta con un gesto lento che serviva a effondere sicurezza e fiducia in chi restava fuori, e chiese a voce bassa: «Cos'è successo, suora?».

Due

Giovanni sognava e il suo universo onirico, ora, non era più quello nel quale lo avevano sprofondato trent'anni di farmaci. Gli sembrava, in verità, di aver fatto sempre lo stesso sogno.

Era in una soffitta, polverosa e piena di ricordi della sua infanzia. L'unica luce entrava da una finestrella ed era una luce chiara, sincera, priva di esitazioni. Così Giovanni si era convinto che la stagione della sua permanenza nella soffitta fosse un'estate perenne e il momento in cui si trovava lì fosse, da sempre, un mattino assolato. Come un giorno che non scorre, resta fermo, rifiuta il tempo, si nega al buio. Quel buio in cui gli altri lo pensavano irreparabilmente immerso. Lui, al contrario, si beava della luce sbarazzina e irriverente, che lo rendeva, non sembri assurdo, felice.

Lo affascinava rimirare all'infinito il pulviscolo che danzava libero nell'aria. Ne seguiva rapito le evoluzioni e intanto si muoveva tra i frammenti della propria vita, che parevano essere stati raccolti tutti nella meravigliosa confusione di quella soffitta.

Aveva avuto fin troppo tempo per esplorare ogni angolo di quel luogo che gli restava, comunque, assolutamente sconosciuto. Padroneggiava il contenuto, non il contenitore. Riconosceva gli oggetti, ma la soffitta gli era ignota, spazio immenso in cui poteva muoversi come in un giardino senza confini. La soffitta aveva corridoi, stanze e aree sterminate che si aprivano all'improvviso. E c'erano piazze, alcune persino con i portici.

Non aveva mai incontrato altri esseri umani, durante le sue esplorazioni. Ma aveva creduto spesso di sentire delle voci, proprio sotto i portici. Quelle dei suoi genitori che lo chiamavano con un tono dolce, come si fa con i bambini, i malati o i vecchi che, in fondo, sono tutti la stessa cosa. E quella, stranamente adulta, di un compagno di banco delle elementari che lo cercava e gli ricordava – a Giovanni sembrava lo facesse sorridendo – la maestra che, sciagurata, li bacchettava sulle dita quando scrivevano la terza persona del verbo avere senza la acca.

Mentre si addentrava lungo i portici, quasi scansando il pulviscolo dorato, sentiva che era spinto dalla ricerca di una voce, quella della sua ragazza. Che, al principio del lungo sonno, era comparsa con una certa assiduità, ma pian piano aveva rarefatto i segni della sua presenza, fino a svanire. Da tempo.

Con Flavia si erano conosciuti alla Capannina, uno stabilimento di Lavinio, nell'estate del 1977. Lei aveva un paio d'anni più di lui. Era una quindicenne come quelle di allora, che diventavano consapevoli figlie del mondo davvero molto presto. In spiaggia divorava "Lotta Continua", e commentava a voce alta con i genitori, evidentemente annoiati, le lettere che i militanti inviavano, come per confessarsi, al giornale.

Una volta Giovanni la vide ridere e gli sembrò ancora più bella, con i denti bianchi che interrompevano un'abbronzatura all'apparenza involontaria ma comunque perfetta. Flavia stava leggendo al padre, immerso nel "Corriere dello Sport", una missiva indirizzata a "Lotta Continua" da tal Marco di Milano: "Sabato, mentre seguivo in bicicletta il corteo lungo via Torino, un certo compagno che seguiva lo striscione di 'Lotta Continua' mi ha chiesto in prestito la bicicletta per poter raggiungere in fretta la testa del corteo. Gliel'ho prestata, ma non l'ho più rivista…".

Flavia aveva scosso la testa affollata di riccioli neri e aveva cominciato a ridere come una bambina sulle giostre: «Hai capito, papà? Un caso di esproprio proletario! Non ci si può neanche lamentare…».

Era di una bellezza meravigliosa e mascherata, come si usava in quel periodo. Le ragazze carine di sinistra si vergognavano di esserlo e si ribellavano agli stereotipi estetici della borghesia. Perciò niente trucco, gonne larghe, meglio se lunghe, nessuna concessione al voyeurismo maschile, fedele compagno anche dei compagni più fedeli. L'unica concessione, ma era un segno di libertà, era il rifiuto del reggiseno, considerato, giustamente, un'inutile gabbia alla natura delle proprie forme.

Anche se aveva solo due anni più di Giovanni, in quell'estate del 1977 Flavia era già una donna. I loro ombrelloni erano vicini, ma lui era così timido che non riusciva né a parlarle – come diavolo si faceva ad attaccare discorso? – né a distogliere sguardo e pensieri da lei. La sentì dire a un suo amico, uno con dei grandi baffi e un'età da giovane adulto, che a settembre sarebbe andata a Bologna per il convegno contro la repressione. Era affascinato quando la vedeva accalorarsi raccontando della manifestazione nella quale era stata uccisa Giorgiana Masi. Giovanni era ancora un bambino e, d'istinto, un moderato. Di sinistra, ma moderato. Era andato a scuola un anno avanti e frequentava il quarto ginnasio. Non amava, per carattere, i toni gridati, gli estremismi, e detestava, forse perché ne aveva paura, la violenza. Gli piaceva Berlinguer, come a suo padre Ettore, segretario della sezione del quartiere.

Già, Berlinguer. Anche la sua voce, con quelle consonanti raddoppiate in sardo, avrebbe desiderato udire tra i portici del lungo sonno. Dopo quell'estate, il padre lo aveva portato a vedere *Berlinguer ti voglio bene*, il film di Giuseppe Bertolucci con Roberto Benigni. Lo avevano scelto per il titolo, che corrispondeva perfettamente a quello che Ettore provava per il segretario del Pci.

Certe sere Giovanni, passando davanti alla camera dei genitori, lo sentiva dialogare con Berlinguer e ogni tanto, specie negli anni dell'astensione al governo Andreotti, lo aveva ascoltato anche litigarci.

Ne aveva parlato alla madre, con un po' di preoccupazione. Ma lei, saggia come le donne, aveva scrollato le spalle e aveva risposto che non c'è nulla di male ad avere un amico immaginario o, persino, un angelo custode a cui rivolgersi quando se ne sente il bisogno, quando ci si sente smarriti. E per Ettore quest'amico, questo angelo, era Enrico Berlinguer. «Poteva andare molto peggio» gli disse la madre.

A Giovanni venne in mente un film che aveva visto in tv. *Harvey*, una vecchia pellicola americana in cui un tenero James Stewart aveva come amico immaginario un gigantesco e saggio coniglio bianco, invisibile agli altri. In fondo, aveva pensato Giovanni, Berlinguer era l'Harvey di suo padre. Il compagno perfetto col quale si vorrebbero condividere parole, speranze, pensieri, emozioni.

Quell'estate, in spiaggia, Flavia non lo aveva mai degnato di un'occhiata e lui, consapevole di avere l'aria precaria, imberbe e mutante dei bambini che stanno crescendo, non se l'era presa. Era conscio di non poter competere con i baffi che indossavano, sfrontati, i ragazzi in compagnia dei quali Flavia faceva il bagno, sotto il suo sguardo geloso, se poteva permettersi di esserlo. Però quei baffi lo mettevano a disagio, gli ricordavano certe foto di ricercati che i telegiornali cominciavano a diffondere. Per Giovanni, quelle facce del Settantasette erano tutte uguali, come i giapponesi. Avrebbe voluto mettere in guardia Flavia, dirle di stare attenta. In verità avrebbe voluto nuotare con lei, prenderla per mano, baciarla in acqua, mettersi con lei, fare con lei il più intenso degli amori possibili, fidanzarsi a casa, sposarla, avere dei figli, due o tre, invecchiare e morire dopo di lei, per non lasciarla mai sola.

Perché tutto questo accadesse, avrebbe dovuto almeno salutarla al mattino, quando arrivava in spiaggia. Ma era sicuro, non raccontiamoci storie, che non ne avrebbe mai avuto il coraggio. Per questo con Flavia parlava dentro di sé, proprio come suo padre con Berlinguer. Le raccomandava prudenza e la invitava al cinema. Voleva vivere con lei, solo con lei, quel tempo carico di febbre, di pericoli, di speranze. Per questo avrebbe dato qualsiasi cosa per sentire di nuovo la sua voce, mentre camminava senza far rumore nella luce, nel pulviscolo, tra i portici.

Flavia era tanto della sua vita, dunque perché ora non c'era più, nella grande soffitta?

Tre

Della vicenda di Giovanni si erano occupati i media quando era accaduto l'incidente, il 13 giugno del 1984.

Lui aveva saputo del malore di Enrico Berlinguer a Padova, la notte del 7. Era stato fuori con gli amici, avevano giocato una furiosa partita di calcio in un campo dalle parti di viale Marconi, fino a tardi. Lui, romanista fino al midollo, aveva ancora addosso, fradicia del sudore di un giugno umido, la maglia firmata addirittura da Claudio Valigi, una riserva di centrocampo che l'allenatore Nils Liedholm aveva celebrato come il naturale erede di Falcão. Al Barone piaceva scherzare e nessuno ha mai capito se quell'investitura fosse una celia o no. La maglia comunque gliel'aveva regalata il barbiere del Testaccio, un vecchio artigiano comunista e romanista, il che era quasi d'obbligo in quel quartiere.

Valigi andava da lui per barba e capelli, e ogni volta raccontava fiero, una per una, le tredici partite, o spezzoni di esse, che aveva disputato in giallorosso. Durante la festa per lo scudetto dell'Ottantatré, quando Testaccio era tutto un fuoco giallo e rosso, dal palco del Circo Massimo, mentre Venditti intonava "'Na carrozzella va co' du' stranieri…", Valigi aveva urlato all'amico barbiere che gli avrebbe di sicuro portato la Coppa dei Campioni al negozio, l'anno dopo, quindi facesse spazio sugli scaffali tra il Brylcreem e il Borotalco Roberts… Ma il nuovo Falcão fu, durante il mercato estivo, malauguratamente venduto al Perugia, in serie B.

Giovanni c'era all'Olimpico, quel fatale mercoledì della finale col Liverpool. Era andato con i suoi amici un po' prima, diciamo così, dell'inizio previsto per le 20.15.

Alle sette del mattino erano già da un'ora davanti ai cancelli della Tribuna Tevere non numerata. I biglietti li avevano, ma non si sa mai. Erano muniti di una gigantesca cofana con la pasta fresca che la madre aveva preparato per tutto il giorno prima. All'alba era passato a prenderlo sotto casa Gianni, che per l'occasione aveva ottenuto la Fiat Regata dal padre laziale.

In macchina erano in sei, uno in eccesso rispetto ai posti di norma. Il più piccolo, che era stato nascosto dietro tra i piedi degli altri, era il fratello di Bruno, un sedicenne che non stava nella pelle per l'emozione. Giovanni aveva portato in una busta della spesa la maglia di Valigi. Aveva solennemente deciso, per ragioni scaramantiche, d'indossarla solo al fischio d'inizio.

Parcheggiarono a ponte Milvio, temendo di non trovare posto più vicino allo stadio. Fin troppa prudenza perché in verità, alle sei del mattino, i parcheggi erano ancora vuoti. Presero il migliore dei cornetti e il principe dei caffè al bar d'angolo della piazza e poi si avviarono verso gli spalti.

Il tempo non passava mai, quel giorno.

Lo stadio si riempì appena furono aperti i cancelli. L'attesa fu estenuante, devastante, sotto un sole bastardo. Il fratello di Bruno chiedeva con ossessiva ripetitività, come i bambini, quanto mancasse.

La presenza e la condivisione della pasta fresca furono salutate dal tripudio della tribuna e ognuno, anche se in maniera compìta, ne prese «solo un po' e solo se ce n'è per tutti».

Quando finalmente i giocatori entrarono in campo, la tensione esplose, gli stomaci si strinsero e la pasta fu dimenticata in fretta.

La partita andò come andò. All'ultimo rigore Graziani spedì il pallone sulla traversa, invece che nella porta di quel fanfarone di Grobbelaar, ma il pubblico non reagì, sfiancato. Era come se lo sapesse, come se quell'attesa avesse consumato le energie di tutti, giocatori e tifosi, e ciascuno desiderasse soltanto tornare a casa dalla mamma e dimenticare quel giorno stupido e perfido, quel mercoledì inutilmente cattivo con tanta buona gente che voleva solo essere felice.

A casa di Giovanni l'indomani non si parlò della battaglia perduta, proprio come i soldati quando tornavano dal fronte. Solo il padre, a pranzo, si permise di rompere il mesto silenzio con una domanda, che non ebbe alcuna risposta: «Ma Berlinguer c'era allo stadio?».

La sera del malore del segretario, Giovanni rincasò col pallone di cuoio sotto il braccio. Aveva attraversato la città, da Marconi al Villaggio Olimpico, a bordo del fiammante Ciao arancione con poca miscela nel serbatoio, ma cuore a sufficienza per non lasciare a piedi il suo padrone.

Nelle sere d'estate, a Giovanni piaceva da pazzi il sapore dell'aria di Roma, quando gli accarezzava il volto e gli gonfiava i capelli. I momenti in cui correva veloce a cavallo del motorino erano la prova vivente che la felicità esisteva e la libertà non era una chimera. Quel Ciao era il suo Baiardo, il suo Pegaso, il suo Ippogrifo, il suo Brigliadoro. Per lui il vento fresco che asciugava il sudore sulla maglietta e soffiava lieve sulla testa era come la prosecuzione adulta dell'incanto provato da bambino, quando il padre sfrecciava con la Taunus sulla Pontina verso il mare. Lui, ignaro e incurante della destinazione, sporgeva la faccia fuori dal finestrino, chiudeva gli occhi e gustava rapito lo schiaffo indolore del vento.

Posteggiò il motorino serrando per bene attorno alla ruota posteriore la catena d'acciaio coperta di robusta plastica, utile a non sporcarsi le mani di grasso. Salì le scale due gradini alla volta, preoccupato che i genitori fossero in allarme per lui. Non aveva potuto avvertirli dell'orario di rientro, non aveva trovato una maledetta cabina telefonica che funzionasse. Da quando le Brigate Rosse avevano cominciato a usarle con regolarità per recapitare i loro comunicati, era come se lo Stato avesse programmato, per ragioni di sicurezza, di rendere quei telefoni muti.

Appena aprì la porta, Giovanni sentì un rumore uniforme e confuso provenire dal salone. Entrò e sul televisore acceso vide il monotono nevischio che, la sera, al termine delle trasmissioni, si impadroniva dello schermo.

Su una sedia, davanti alla tv ormai stupida, c'era suo padre: sveglio, muto, con lo sguardo incollato, come sotto ipnosi, a quel delirio di formiche luminose che si rincorrevano sul video gracchiante. Giovanni si spaventò, pensò che Ettore stesse male.

Lui avvertì la presenza del figlio, si scosse e con gli occhi spaventati e tristi gli disse: «Berlinguer ha avuto un ictus mentre faceva un comizio. L'hanno ricoverato a Padova. Ho guardato ogni edizione del telegiornale, ma non riesco a sapere di più.

Mi viene da piangere. Giovanni, se Berlinguer muore, finisce tutto».

Giovanni scansò con la mano un turbinio di pulviscolo che gli si era parato davanti e gli impediva di distinguere nitidamente la linea sinuosa di quei portici senza fine, in un dedalo di curve e diramazioni che componevano un complesso sistema urbano. Era un'enorme città, deserta e silenziosa, in cui si avvertivano solo deboli rumori, voci lontane e a volte della musica: gli era sembrato persino di sentire il Boss cantare la sua adorata *Dancing in the Dark*.

Lo attirarono delle lame di luce che filtravano dalle fessure di un portone. Si muovevano veloci, quasi violente, incrociandosi nella penombra come le spade luminose di Luke Skywalker e Darth Vader nel duello di *L'impero colpisce ancora*, un film che aveva tanto amato, anche perché l'avevano visto al cinema, lui e Flavia, poco prima di mettersi insieme.

Le prime parole, tra loro, le avevano scambiate alla fine dell'estate del 1980, alla Capannina. Giovanni ormai aveva sedici anni ed era sbocciato. Era cosciente, queste cose si sanno e danno sicurezza, di essere considerato uno dei "belli" della spiaggia. Flavia, invece, non aveva più attorno i tipi con i folti baffi spioventi. Stava per conto suo, distante dai genitori, sembrava immalinconita o delusa. Passava le giornate senza parlare. Scrutava il mare dietro degli impenetrabili occhiali da sole, faceva lunghi bagni, ogni tanto chiacchierava, di malavoglia, con ragazze sue coetanee. Non leggeva più "Lotta Continua", ma sembrava ipnotizzata dalle pagine di *Se una notte d'inverno un viaggiatore* di Italo Calvino.

Giovanni allora acquistò il libro nella cartolibreria di Lavinio e lo divorò in una notte. L'indomani attese che i genitori di Flavia andassero a pranzo e che lei, come ogni giorno, si sentisse finalmente libera di fare quello che voleva: tacere e leggere Calvino.

Anche Ettore e Maria erano rientrati per il quotidiano riposino. La spiaggia era abbastanza vuota, le vacanze stavano per finire.

Lui si avvicinò al suo ombrellone, lei sembrò non accorgersene. Erano tre anni che Giovanni aspettava questo momento. Si sedette sulla sabbia in modo da essere nascosto agli occhi di Flavia dal volume aperto e pronunciò le prime, storiche, parole del loro rapporto: «“Ascoltare qualcuno che legge ad alta voce è molto diverso da leggere in silenzio. Quando leggi, puoi fermarti o sorvolare sulle frasi: il tempo sei tu che lo decidi”».

Aveva imparato a memoria, all'alba, l'incipit del quarto capitolo per fare bella figura con lei.

Flavia non abbassò subito il libro.

Ma se Giovanni avesse potuto forare con lo sguardo la carta impressa per conto di Einaudi dalla Officina Grafica Artigiana U. Panelli in Torino e fosse arrivato a vedere il viso della ragazza dei suoi sogni, si sarebbe rassicurato.

Lei sorrideva. Lo aveva visto arrivare. E sorrideva. Perché, forse, lo stava aspettando.

Si erano presi per mano la prima volta, doveva essere settembre, vedendo, in una sala d'essai, *La terrazza* di Ettore Scola, una pellicola sulla crisi degli intellettuali di sinistra che li aveva impegnati in interminabili discussioni politico-ideologiche davanti a due pizze e due birre consumate ai tavoli all'aperto di una trattoria di piazzale Tiburtino.

Dopo cena fece salire Flavia sul piccolo sedile del Ciao. Invece di sistemarsi sulla punta del sellino e volgerle le spalle, Giovanni con un gesto cinematografico si girò e la guardò senza parlare. Fu così che la baciò e fu il primo bacio del mondo, il bacio più bello del mondo, il più irripetibile dei baci del mondo, milioni di baci dell'universo non pareggiavano quello sognato dai tempi della Capannina.

Quelle luci taglienti lo affascinavano e sembravano annunciare, come in un film di fantascienza, che al di là di quel confine doveva esserci un mondo altro e misterioso. Giovanni si avvicinò un po' impaurito e spalancò con un colpo solo le grandi ante del portone.

Si aspettava la luce, trovò il buio. Le lame luminose erano servite solo per richiamarlo in quello spazio nero. Giovanni ci mise qualche istante per abituare la vista e l'udito alla nuova dimensione. Si sentivano, nel nulla, mille frammenti di voci. Nascevano e morivano agli estremi di quel luogo che doveva essere enorme. Ma non erano solo suoni, erano anche piccole luci. I sussurri erano lucciole che si muovevano frenetiche, si illuminavano quando risuonava una voce e si spegnevano quando taceva. Quando parlavano in tanti, era come se si accendesse un lampadario in movimento e allora Giovanni sentiva frasi che si sovrapponevano l'una all'altra. Ne distingueva alcune e gli parve persino di riconoscere suo padre che diceva soltanto: «È morto, e ora?».

Di colpo tornò il buio totale e un silenzio senza eccezioni. Poi, una a una si accesero tutte le lucciole e si udì un canto salire da ogni punto di quel vuoto senza confini. Ora Giovanni poteva finalmente vedere: le lucciole stavano illuminando quell'area che all'improvviso aveva una dimensione reale e riconoscibile.

Era via delle Botteghe Oscure, la sede del partito, e mentre veniva esposta una bandiera listata a lutto, migliaia di persone tristi, sotto il cielo delle lucciole luminose, cantavano una canzone che anche Giovanni cominciò a intonare. Prima piano, poi a squarciagola, come volesse gridarla per protestare, a pugno chiuso, contro quello che era successo, per colpa della vita.

Tanto cantava forte che si svegliò in tempo per sentirsi scandire:

«... Rosso un fiore in petto c'è fiorito
una fede ci è nata in cuor.
Noi non siamo più nell'officina,
entro terra, nei campi, al mar
la plebe sempre all'opra china
senza ideale in cui sperar.

Su, lottiam
l'ideale nostro alfine sarà
l'Internazionale
futura umanità!».

Aprì gli occhi, vide una suora, neanche male, che lo guardava allibita. Quindi la donna lanciò un urlo acuto e insopportabile. Fu un attimo. La suora ora taceva, Giovanni non capiva dov'era. Arrivò un silenzio innaturale, spietato. I due si fissarono sorpresi, stranieri in quell'istante di vita. Giovanni sentì, chissà perché, di voler bene a quella suora niente male. Fu l'ultima sensazione che provò prima di ripiombare in un inesorabile nero. Stavolta senza pulviscoli, senza portici. E senza lucciole.

D’altra parte Pier Paolo Pasolini, per le cui idee “irregolari” Giovanni e Flavia litigavano spesso, una volta aveva scritto: “Nei primi anni Sessanta, a causa dell’inquinamento dell’aria, e, soprattutto, in campagna, a causa dell’inquinamento dell’acqua (gli azzurri fiumi e le rogge trasparenti) sono cominciate a scomparire le lucciole. Il fenomeno è stato fulmineo e folgorante. Dopo pochi anni le lucciole non c’erano più. (Sono ora un ricordo, abbastanza straziante, del passato: e un uomo anziano che abbia un tale ricordo, non può riconoscere nei nuovi giovani se stesso giovane, e dunque non può più avere i bei rimpianti di una volta)”.

Le lucciole erano dunque scomparse.

Ma a Giovanni, nel buio, parve improvvisamente e inspiegabilmente che tutto fosse chiaro e lineare.

Tutto nitido.

In questa estate del 1984.

Quattro

Il Professore ripeté con voce ferma: «Cos'è successo, suora?». Era impaziente, quasi scortese. Sembrava che la religiosa fosse responsabile dell'evento inaspettato, che avesse non il merito, ma la colpa del risveglio di quell'uomo da un coma lungo più di trent'anni.

Il Professore, arrivato di recente a Roma da un rinomato ospedale del Nord, era un tipo duro, formale e pure un po' stronzo.

La suora lo guardò con il rispetto dovuto e gli raccontò la storia. Lei l'aveva appresa quando, alla metà degli anni Novanta, aveva sostituito una sua collega, anzi consorella, che l'aveva preceduta come responsabile del reparto.

Per suor Carmela quel ragazzo, allora Giovanni lo

era ancora, non rappresentava altro che un fastidio, un inutile sovraccarico di lavoro. Insomma, tempo perso. Forse l'anziana suora nutriva anche un antico pregiudizio nei confronti dello strano malato che giaceva lì da dieci anni. Pregiudizio per le circostanze dell'incidente che lo aveva precipitato in una notte infinita, ridotto in un coma profondo, ma non tanto definitivo da pensare di "staccare la spina", espressione odiosa che suor Giulia aveva imparato a conoscere, non senza raccapriccio, dagli scafati infermieri, diventati cinici per noia e stanchezza.

Suor Carmela, l'ultimo giorno di servizio, aveva voluto che Giulia, la giovane consorella, la seguisse in tutte le attività che svolgeva nel reparto. Voleva che imparasse ogni procedura, mandasse a memoria ciascun gesto, ripetesse pedissequamente, negli anni a venire, la sequenza di movimenti che lei aveva eseguito, come un automa, per mezzo secolo, da quando l'ospedale accoglieva i feriti dei bombardamenti e non «gli sbandati che arrivano in coma etilico o in overdose».

Stava rimboccando per l'ultima volta le lenzuola a Giovanni quando si rivolse a Giulia e le chiese a bruciapelo: «Tu sai chi era Berlinguer? Sei così giovane...».

In quelle parole Giulia avvertì un po' di disprezzo. Un infermiere, Cesare, le aveva riferito che girava una voce: l'anziana consorella trovava assurdo che fosse stata mandata lì, a sostituirla, una ragazza che sembrava una novizia, tanto era giovane.

Giulia rimase interdetta dalla domanda, ma rispose con sincerità: «Certo che lo so. Mio padre lo amava, era iscritto alla sezione del Pci di Spello».

Suor Carmela ebbe un mancamento e, se non ci fosse stato il corpo elegantemente silenzioso e immobile di Giovanni, si sarebbe lasciata cadere sul letto, esanime. Invece rinunciò a quel gesto teatrale, rimase dritta, impalata, lo sguardo piantato negli occhi della ragazza vestita come lei, con la quale sentiva di non condividere altro, e le disse severa: «Tuo padre era comunista? E com'è che tu sei diventata suora?».

Giulia cominciava a divertirsi e allora replicò: «Spesso i figli diventavano comunisti per ribellarsi a genitori troppo autoritari, forse io ho scelto di farmi suora perché avevo troppa libertà. La fuga dalla casa del padre funziona in entrambe le direzioni».

Suor Carmela vacillò. Adesso in lei prevaleva, sulla sorpresa, un furioso sdegno. Giulia affondò il coltello e aggiunse, soave: «E devo confessarti che anche a me piaceva Berlinguer, penso fosse una gran brava persona».

Carmela diventò una furia e la fulminò sibilando: «Te ne accorgerai ora che non c'è più la Democrazia Cristiana. Vedrai quello che accadrà dei nostri sacri valori...».

Poi, come per ripicca, si chiuse in un silenzio rancoroso smettendo di raccontare la storia di Giovanni e del suo ricovero.

Giulia si pentì di aver rovinato l'ultimo giorno di servizio di quella donna coscienziosa e di averla fatta arrabbiare tanto, ma non trovò le parole giuste per sciogliere il gelo che si era creato tra loro. Solo l'arrivo della preghiera delle sette mise fine alle ostilità. Carmela volle recarsi da sola nella saletta dove si trovava una Madonna Ausiliatrice in pasta di legno, alta più di un metro. A Giulia che si apprestava a seguirla, disse: «No, per favore. Cerca di capirmi. È la mia ultima preghiera qui...». Entrò, chiuse la porta, si guardò indietro circospetta e cominciò a recitare:

«Oh Cuore Immacolato di Maria:

dai peccati contro la vita dell'uomo sin dai suoi albori, liberaci!

dalle ideologie social-comuniste, liberaci!

dall'ateismo, dalla immoralità, liberaci!

da ogni genere di ingiustizia nella vita sociale, nazionale e internazionale, liberaci!

dalle falsità delle ideologie social-comuniste, liberaci!

dalla facilità di calpestare i comandamenti di Dio, liberaci!

dai peccati contro lo Spirito Santo, liberaci! liberaci!

dalle ideologie social-comuniste che favoriscono il peccato, liberaci!

Accogli, o Madre di Cristo, questo grido carico della sofferenza di tanti uomini e, in particolare, di tanti piccoli esseri umani uccisi con l'aborto a causa delle ideologie social-comuniste. Si riveli, ancora una volta, nella storia del mondo, l'infinita potenza dell'Amore misericordioso! Che esso fermi il male! Trasformi le coscienze! Annienti l'ideologia social-comunista!».

La mattina dopo Giulia seppe da Cesare la storia di Giovanni. Per raccontarla, l'infermiere aveva staccato la suola della scarpa che teneva sempre incollata al muro appena imbiancato e persino spostato all'angolo sinistro della bocca lo stecchino sminuzzato in dotazione quotidiana.

Erano nella stanza di Giovanni e parlavano di quel giorno senza che lui potesse ascoltare, capire, precisare, commentare. Cesare lo ricordava bene, nonostante fossero passati dieci anni, perché fu lui ad adagiare Giovanni, quando tornò dalla terapia intensiva, sul letto di fronte al quale si trovavano.

Quel ragazzo che Giulia, guardandolo, si vergognò con se stessa di giudicare davvero bello, era andato con il padre, la fidanzata e i militanti della sua sezione ai funerali di Berlinguer.

Ettore aveva raccontato a Cesare che lui e il figlio avevano passato l'ultimo giorno e l'ultima notte di agonia del segretario del Pci davanti alla sede di via delle Botteghe Oscure. Alla notizia della morte, annunciata verso l'ora di pranzo dell'11 giugno, erano scoppiati a piangere abbracciandosi, come peraltro tutti gli altri che erano lì, mentre veniva issata la bandiera abbrunata sul balcone dal quale Berlinguer aveva tante volte parlato per festeggiare vittorie importanti.

Si era levato, prima piano poi sempre più forte, il canto dell'*Internazionale*.

Due giorni dopo erano partiti dalla sezione con il pullman: qualcuno piangeva cercando di non farsi vedere, altri leggevano "l'Unità" con il titolo "Addio" a caratteri cubitali rossi e sotto una bella foto di Berlinguer. Scesero dal pullman con le bandiere ripiegate e i volti tirati. C'era un gran caldo, la piazza era gremita di persone tristi, in cielo un elicottero volteggiava coprendo i discorsi dei primi oratori.

Giovanni aveva riconosciuto la voce inconfondibile di Giancarlo Pajetta, un puntino lontano. Vicino a loro, stretti a loro, c'erano i militanti della sezione del partito di un paesino vicino a Napoli che reggevano un enorme striscione: ENRICO CON TE LA SINISTRA È STATA GRANDE.

Giovanni aveva appena detto al padre che considerava sbagliati i fischi a Craxi: «Non si fischia a un funerale». Stringeva la mano di Flavia che ormai da qualche anno aveva scelto il Pci, forse più per disperazione e delusione nei confronti del suo vecchio mondo politico che per autentica sintonia. Le aveva sorriso con dolcezza e le aveva tolto dal viso qualcosa che era sudore misto a lacrime.

Con grande stupore di Giovanni, Flavia era davvero sconvolta dalla morte di Berlinguer. Non amava tanto il Pci, ma amava il suo segretario, la colpiva il carattere riservato e la tenacia ideale. Dopo anni di militanza in Lotta Continua e nei movimenti di fine Settanta, aveva scelto di stare con il Pci, non *nel* Pci, quando Berlinguer aveva consumato lo strappo dall'Urss e nel suo partito molti lo avevano contestato. La cultura libertaria, antiautoritaria di Flavia la portava a odiare i sovietici e ogni forma di riduzione delle libertà personali e collettive.

Ora piangeva per quell'uomo contro il quale aveva sfilato sotto la direzione del Pci, urlando slogan contro il compromesso storico, l'austerità, la fermezza nei confronti del terrorismo. Con Giovanni avevano trascorso notti insonni a litigare ferocemente su Berlinguer. Poi, dall'inizio degli anni Ottanta, quando molti lasciavano il partito, lei si era avvicinata e adesso provava un dolore inspiegabile per il segretario del Pci che stava in una bara di legno sotto il sole cocente di quel giugno romano.

Giovanni guardò il padre appoggiato alla bandiera, sentì un applauso della piazza all'indirizzo di Nilde Iotti che stava prendendo la parola e si girò per dire a Flavia che finalmente parlava una donna, sapeva che le avrebbe fatto piacere. Riuscì a vedere il grande striscione dei compagni cadergli addosso, un attimo prima che il pesante bastone di legno lo centrasse sulla regione parietale destra. Fu un colpo micidiale che lo stese al suolo.

«Allora era per lui quell'ambulanza che attraversò la

piazza e spaventò tutti?» chiese a sorpresa suor Giulia, quasi ragionando tra sé e sé.

Cesare le domandò come lo sapesse e lei ammise quello che non aveva avuto il coraggio di confessare a suor Carmela, per paura di infliggerle il colpo definitivo.

Giulia era una bambina di dieci anni che il padre portò da Spello a Roma per partecipare ai funerali di Berlinguer. Non ricordava molto, ma le era rimasto nella testa il suono intermittente dell'ambulanza che faticava a fendere la folla ondeggiante. Lei era sulle spalle del padre e vide quel movimento, insieme morbido e silenzioso, dall'alto. Nell'ambulanza che ripartiva c'era dunque il giovane che da quel momento avrebbe dovuto assistere e confortare.

L'infermiere aprì la finestra per cambiare l'aria e alleggerire la tensione che era calata nella stanza; da tanti anni lì dentro regnava il silenzio composto di quel bel ragazzo bruno. Quando qualcuno entrava, camminava piano, senza far rumore, come se ci fosse il rischio di svegliarlo.

Cesare raggiunse il comodino vicino al letto ed estrasse dal cassetto una busta che il padre di Giovanni aveva voluto fosse lì, accanto al figlio, ora muto e immobile.

Quel giorno Ettore aveva perso suo figlio, oltre a Berlinguer.

In quella busta c'era proprio la copia sgualcita dell'"Unità" che Giovanni teneva arrotolata in tasca, quando lo striscione gli aveva spento la vita.

C'era scritto "Addio". Una parola che per Ettore, ora, valeva due volte.

Cinque

Il Professore sembrava attento, ma suor Giulia intuì che forse stava solo sentendo il suo racconto, di certo non lo stava ascoltando. Forse pensava ad altro e di quello che gli aveva detto avrebbe trattenuto l'essenziale, anzi l'utile.

Da un po' di tempo le accadeva spesso. Quando incontrava qualcuno, le piaceva profondersi in storie cariche di particolari, anche minimi, quasi dettagli, per lei assai rilevanti, come la descrizione degli ambienti e dei personaggi in un romanzo.

Era un'avida lettrice e le righe di un buon testo di letteratura avevano riempito le sue giornate di meditazione e formazione. Pregava, tanto, e leggeva, tanto. Amava Faulkner, Steinbeck, Cormac McCarthy, Flannery O'Connor ed Elizabeth Strout. Le consorelle in convento guardavano con sorpresa e un po' di sospetto quei volumi con il dorso pieno di rughe per l'uso e le pagine sottolineate: a suor Giulia piaceva evidenziare con la matita le frasi che più la emozionavano.

Ma quando raccontava, capiva che le persone non amavano le sue digressioni, i suoi ingrandimenti. Volevano la sostanza della storia e questo la deludeva. Avvertiva negli altri un'impazienza, una fretta, che non sopportava si applicasse all'attività umana che più di ogni altra esclude semplificazioni concitate. Se Svetonio, Plutarco o Vasari si fossero limitati alla sostanza, noi oggi saremmo dei gattini ciechi, incapaci di conoscere la Storia e dunque di comprendere il nostro cammino. Ma a suor Giulia sembrava che, ormai, la gente fosse poco interessata alle vite degli altri, spesso raggomitolate in una sintesi di poche parole, da usare giusto in qualche frettoloso e superficiale racconto, buono per tener viva una conversazione. Le vite degli altri come biglietto da visita, come ghirlanda pacchiana della propria ignoranza, umana prima che culturale.

Suor Giulia diffidava della mancanza di intensità del prossimo, la spaventava la strumentale leggerezza di un tempo in cui tutti volevano solo sapere il più possibile, quasi bulimicamente affamati di nuove notizie, e non conoscevano la virtuosa pazienza del capire, che comporta l'ascolto umile delle parole e del pensiero altrui. Era paradossale che lei, religiosa convinta e votata a Dio in ogni fibra della sua vita, esaltasse il dubbio come motore della coscienza umana. Per credere in Dio suor Giulia non aveva dovuto, come Kant, "sospendere il sapere per far posto alla fede".

Era stato il dubbio, proprio il dubbio, la prima fermata d'autobus del suo viaggio verso Gesù. Dubitava di un'esistenza mondana, delle sue giornate finalizzate al raggiungimento di consumi e piaceri che generavano solo il bisogno di appagarne altri che si rivelavano futili, momentanei, inutili. Sempre insoddisfacenti. Allora niente le pareva avesse senso. Ricordava ancora le parole che il padre, Giorgio, ormai alla fine dei suoi giorni, aveva detto la sera in cui lei, emozionata e impaurita, gli aveva rivelato la decisione di prendere i voti.

Quando Giulia, la ragazza, la figlia poco più che maggiorenne, aveva confessato al padre di dover condividere un segreto, il vecchio militante comunista aveva sorriso dentro di sé, mentre la tosse gli squassava il petto. Aveva pensato che la sua bella Giulia stesse per fidanzarsi, o sposarsi o che fosse incinta e che lui presto avrebbe avuto un nipotino, anzi una graziosa nipotina, perché le donne sono meglio degli uomini, da sempre.

Invece Giulia gli aveva sistemato la coperta prima di sedersi in fondo al letto, in silenzio, senza sapere da dove cominciare. Stava per dirgli ciò che lui di certo non si aspettava e forse non avrebbe approvato.

Si era confidata con la madre, Lucia, precipitando la donna in un dubbio di coscienza che l'aveva oppressa per settimane e settimane: doveva preparare il marito, vecchio e malato, a quella rivelazione oppure tener fede alla promessa di segretezza che aveva fatto alla figlia qualche tempo prima?

Era stata Giulia a decidere: all'uomo con il quale viveva da sempre avrebbe spiegato, e lui l'avrebbe perdonata. Forse. Almeno, così sperava.

Quella sera fuori pioveva, Giulia raccolse il fiato ed espulse, come un rospo che aveva dentro, le parole scelte, pesate, scartate e riconvocate tante volte: «Babbo, non t'arrabbiare, ho deciso di prendere i voti».

A Giorgio si spense il sorriso dolce che aveva preparato immaginando tutt'altro annuncio. Rimase immobile, muto, per un tempo che a Giulia sembrò intollerabilmente lungo, poi richiamò quel sorriso sulle labbra e guardandola rispose: «Anch'io ho cercato per tutta la vita di prendere i voti. Per un partito che ora non c'è neanche più...».

Stette in silenzio, corrucciato, per un po'. Stava combattendo una campale battaglia interiore che si concluse così: «Cosa vuoi che ti dica questo vecchio? Un padre desidera sempre che sua figlia sia felice. Per me non è facile, ma se tu sei convinta che questa sia la tua vita migliore, posso solo abbracciarti e, per la prima volta, pregare. Pregare per te».

Lei lo guardò intenerita. Lui abbassò le labbra e quasi con freddezza aggiunse: «Devo farti una domanda: ci hai pensato bene? Sai che è una scelta definitiva? Sai a cosa rinunci? Sono vecchio e maschio, perciò un po' scemo o un po' distratto, ma in questo periodo mi ero accorto che avevi una luce strana negli occhi. Una mattina, ero solo in casa, mi sono alzato per frugare in camera tua e ho trovato il diario. Era una bella giornata di sole, stavo quasi bene e confesso di aver letto qualche pagina. Scusami, non avrei dovuto. Ma ero preoccupato per te. Scrivevi di un amore, tanto. Ne parlavi come di un senso possibile per il tuo futuro. Credevo ti fossi fidanzata, credevo avessi trovato il compagno della tua vita».

Giulia rispose con un sorriso: «Mi sono fidanzata, è vero. E ora voglio sposarmi. Ma è Dio il mio amore, la mia ragione. Non scrivevo il suo nome sul diario, babbo, perché mi ero accorta che lo leggevi. Di' la verità, non è successo una volta soltanto. Ho maturato questa scelta da tempo, a mamma l'avevo confessato».

Il padre lanciò uno sguardo oltre la porta. «Vieni, Lucia, non nasconderti, so che stai ascoltando. Tu eri al corrente e non mi hai detto nulla?»

Lucia comparve sulla soglia, imbarazzata. «Volevo fosse Giulia a raccontarti la sua scelta, mi sembrava giusto così.»

Giorgio restò in silenzio. Rifletteva e metteva in relazione quel momento così intimo con le sue convinzioni più profonde. Gli era capitato molte volte, sul lavoro, nel partito, anche in famiglia. Ma non era mai stato tanto difficile. Poi decise e disse che Lucia aveva ragione. Lui voleva capire, anche in quella situazione, il senso ultimo delle cose, come aveva cercato di fare per ogni decisione, in ciascun giorno vissuto.

Nel ricordo che Giulia ha di quella sera d'inverno, è come se la scena fosse inquadrata da un drone che vola all'indietro. Come se il suo sguardo partisse dal dettaglio della barba incolta del padre, poi si allargasse al suo corpo, al letto, a lei e alla madre sedute al capezzale, a tutta la stanza, alla strada dove abitavano, con la neve che cadeva forte e fitta, al quartiere, alla città, al mondo intero.

Giulia, anche nel campo lungo del ricordo, quando il padre è ormai solo il colore della vestaglia a scacchi, sente invece nitida, in primo piano, la sua voce. Riascolta le domande, le obiezioni. E il modo in cui concluse, che fu come la sua prima reazione, quella d'istinto.

Giorgio aveva combattuto ogni istante per la libertà delle persone, e per quella delle donne. Ora non poteva far altro che riconoscere questo diritto a sua figlia. La figlia suora del compagno Gobbini, chissà che avrebbero detto in sezione, concluse.

Sorrideva, sapendo, come poi fu, che lui in sezione non ci avrebbe più messo piede, se non per le onoranze funebri celebrate, con un appropriato discorso, dal segretario della federazione.

Sei

Il Professore sentì di aver colto l'essenziale della storia che quella suora, niente male, gli stava raccontando con tanta passione. In verità si perdeva in dettagli che lui non avrebbe mai potuto usare, anche perché non li aveva memorizzati, nel momento in cui le televisioni l'avrebbero inquadrato e la sua immagine sarebbe finalmente entrata nelle case dell'intero Paese. Doveva avvertire la moglie, le amanti e l'anziana mamma: che si sintonizzassero su tutte le reti! Sarebbe di certo apparso lui, abbronzato, il nodo grande della cravatta gialla e verde ben visibile sotto il lindo camice, i capelli fluenti e pettinati come si deve, la voce grave e profonda delle occasioni eccezionali. Il Professore chiamò per telefono l'ufficio stampa dell'ospedale perché avvertisse i media, nazionali e internazionali, che avrebbe organizzato una conferenza stampa allo scopo di rivelare personalmente un episodio di risveglio dal coma dopo più di trent'anni.

Avrebbe senza dubbio sottolineato come l'evento si fosse compiuto grazie al suo operato e alla sua alta professionalità. D'altronde non poteva essere certo un caso che l'eccezionale circostanza fosse avvenuta in perfetta coincidenza con il suo arrivo, in qualità di primario, nel reparto di lungodegenza. Si chiese anche se dovesse avvisare il Ministro o persino il Presidente della Repubblica, che magari avrebbero voluto visitare il malato ritornato alla vita. Decise di aspettare che fossero loro a cercarlo per complimentarsi e intanto pensò a quali immagini avrebbe postato su Instagram, Facebook e Twitter.

Il Professore chiese a suor Giulia di scattargli una foto vicino a Giovanni ancora assopito: «Che faccio? Sorrido o assumo un'aria grave?».

Lei osservò attraverso lo schermo del cellulare il sorriso ebete che l'altro aveva indossato, mentre cingeva con il braccio la testa del paziente, e rispose: «Va benissimo così, mi sembra la sua espressione più appropriata».

Giovanni ovviamente non poteva capire che attorno a lui si sarebbe scatenato l'inferno, che sarebbe diventato un boccone prelibato per la fame smodata dei media, che televisioni, giornali, blog, siti d'informazione lo avrebbero assediato. Lui si stava risvegliando poco a poco e suor Giulia pensò con amarezza che quel fesso impomatato avrebbe dovuto occuparsi di questo invece di progettare pose da bellimbusto per i social network.

Un uomo stava ritornando da trent'anni di coma, di silenzio. I parametri fisici, monitorati dai sensori sparsi sul corpo, indicavano che tutte le funzioni vitali erano a posto. Ma cos'era del suo cervello? Cosa aveva lasciato in lui il buio nel quale era stato immerso per più di diecimila giorni?

La parola evidentemente funzionava, Giovanni aveva intonato quella canzone popolare che suor Giulia conosceva bene: il padre le sussurrava all'orecchio la melodia per farla addormentare, quand'era bambina.

Ma il resto? Avrebbe camminato? Avrebbe riconosciuto luoghi e persone? Come sarebbe stato l'impatto con il mondo nuovo, a lui ignoto, nel quale si sarebbe trovato a vivere? Se fosse tornato cosciente, avrebbe accettato la sparizione degli anni più belli e di ritrovarsi cinquantenne dopo essersi addormentato ragazzo?

Bisognava avvertire i familiari, quelli rimasti, e gli amici, e affidarlo a uno psicologo che lo preparasse all'impatto con una realtà incomprensibile e misteriosa. Suor Giulia provò a dirlo, in tono rispettoso, al Professore che la ignorò del tutto, preso com'era dai preparativi del suo red carpet.

La suora si sorprese a collegare a quel pavone la parola che il padre ogni tanto usava guardando gli avversari politici in tv. Quella parola di cui la piccola Giulia ignorava il significato, ma che doveva essere, lo intuiva, di più, molto di più, di cretino, stupido e imbecille. Sul dizionario, di nascosto dai suoi, aveva cercato e trovato la sorprendente definizione di quell'epiteto che, Dio mio che vergogna!, ora stava considerando come la più precisa fotografia del Professore.

Era un vecchio vocabolario che Giorgio aveva ereditato dal nonno e custodiva come una bibbia nella libreria. Bisognava consultarlo con delicatezza, era un volume del 1842, intitolato pomposamente *Dizionario Universale della lingua italiana*, firmato da un tal Carlo Antonio Vanzon che, anche in virtù dei due nomi propri, appariva a Giulia un'autorità indiscutibile.

Il professor Vanzon così definiva il significato di quella parola: "Pezzo di sterco sodo e rotondo". Come poteva quella cosa, si era chiesta da bambina, attagliarsi a una persona?

Quel giorno, di fronte al Professore che si pavoneggiava, rifletté sconsolata che sì, poteva attagliarsi a un essere umano. Si sorprese, imbarazzata, che la parola fosse emersa in forma di pensiero sotto la cornetta di una suora. Non doveva succedere, era grave che fosse successo. Ma era successo e non poteva farci nulla. Un'idea cattiva si poteva scacciare, ma solo dopo che era arrivata.

E tornava di prepotenza quell'epiteto, mentre il Professore si preparava ad accogliere le troupe delle tv che, si era raccomandato allo zelante addetto dell'ufficio stampa, avrebbero assolutamente dovuto inquadrarlo vicino a Giovanni. Come un cacciatore con il trofeo dell'animale catturato.

Quell'uomo in camice, sodo e rotondo, aveva già pronto il sorriso del vincitore quando si aprì con violenza la porta della stanza. Non erano i cameramen, era il direttore sanitario che, con aria corrucciata, chiese: «Che cazzo sta accadendo?».

Lo zelante press agent, per evitare guai, aveva infatti informato i vertici del nosocomio. Proprio quello che il Professore non voleva; sapeva che i capi avrebbero offuscato il suo ruolo, occupato la ribalta, si sarebbero appropriati del merito di quel risveglio storico. Lui, che era arrivato da poco più di un mese, non voleva spartire niente con altri. E ai media andava presentato l'inscindibile legame, quasi da riflesso pavloviano, tra il suo recente incarico e Giovanni redivivo. La controprova? In trent'anni nessuno dei suoi predecessori, tutti esimi colleghi, era riuscito a interrompere quel lungo sonno. Ergo…

Ma ecco che spuntava un elemento di disturbo non previsto, il direttore sanitario. Nominato dai partiti, era stato tanto abile da restare alla guida del sistema ospedaliero anche quando era cambiata la maggioranza in Regione. Lui sosteneva che fosse merito della sua competenza, dell'essere al di sopra delle parti, un tecnico prestato alle istituzioni. Figlio di una famiglia prolifica, aveva avuto la fortuna di due cugini collocati ciascuno in posizione chiave dei due poli politici. Erano, come diceva agli amici più riservati, la sua «polizza di assicurazione». Non gli importava, alle elezioni, chi vincesse. Per lui non sarebbe mutato nulla. E in ragione di questo era rispettato, temuto. Era universalmente considerato imperituro. Quindi non ebbe timori a fulminare l'azzimato Professore: «Lei credeva di organizzare una conferenza stampa da solo per prendersi tutto il merito? Noi curiamo questo qui da trent'anni e ora arriva lei a farsi bello con le televisioni? Come l'ho presa dal suo ospedale di provincia così ce la rimando, a calci in culo. Adesso convochiamo i giornalisti, ma senza mostrare il malato, e il massimo che le concedo di fare è sorridere. Se apre la bocca, la incenerisco».

I toni si alzarono e i due cominciarono a gridare l'uno contro l'altro. La porta chiusa faceva rimbombare ancora di più le urla. Il Professore si dichiarava leso nella sua autorevolezza e il direttore replicava urlando, «scusi, suor Giulia», che l'autorevolezza dell'azzimato lui se l'appendeva dove si poteva ben immaginare.

Il Professore disse che si sarebbe rivolto al capo di gabinetto del Ministro e il direttore ribatté a voce alta, non si sa quanto scherzando, che, anche se nessuno ne era a conoscenza, il capo di gabinetto del Ministro era un suo cugino di secondo grado.

Continuarono insultandosi, le vene gonfie del collo e un rivolo di bava bianca agli angoli della bocca. Il rumore in quella camera era diventato assordante e suor Giulia guardava fuori dalla finestra, imbarazzata e nauseata com'era.

A un certo punto, le grida cessarono di colpo. E scese il silenzio. Accadde quando, con un filo di voce, il malato, dal suo letto di dolore, disse soltanto, con gentilezza: «Potete fare più piano? Vi dispiace?».

Fu così che Giovanni entrò nel nuovo millennio, nel nostro tempo, nella sua seconda vita.

Sette

«Che fa? Freni! Attento, sbattiamo contro la sbarra!» Terrorizzato, Giovanni alzò le braccia davanti al viso, a coprire gli occhi. Era sicuro che sarebbero morti, vedendo a quale velocità l'auto su cui viaggiava aveva puntato il casello autostradale.

Erano le prime parole che pronunciava, dopo quelle al risveglio tra le grida dei massimi dirigenti dell'ospedale dove, per un tempo di cui lui non conosceva l'entità, lo avevano curato.

Nei giorni successivi al suo ritorno alla vita cosciente Giovanni era rimasto in uno stato di dormiveglia. Era stato lavato, sbarbato, e delle mani gentili gli avevano mosso le gambe e le braccia in alto e in basso, avanti e indietro. Degli altri medici sorridenti e cortesi gli avevano esaminato con cura gli occhi puntandogli una fastidiosa luce, mai che lo lasciassero dormire.

Si affollavano a ogni ora persone, premurose ma eccessive, che lo rivoltavano, lo auscultavano, gli posizionavano degli strani aggeggi sul corpo. Qualche volta gli prendevano il sangue, altre gli iniettavano dei liquidi la cui trasparente evanescenza lo portava a pensare di rimetterci, nello scambio. Bianco contro rosso, non gli piaceva.

Sembravano tutti preoccupati e fiduciosi, due stati d'animo il cui contrasto appariva evidente alla mente silenziosa di Giovanni. Lui non parlava. Gli rivolgevano domande cretine, qualche volta con i verbi all'infinito, come fosse uno straniero. Gli chiedevano il nome, la città dov'era nato, l'indirizzo. Domande troppo facili, non c'era gusto a rispondere. Le risposte, loro le sapevano già. Quindi perché diavolo gli rompevano le scatole? Lui si divertiva nella parte di quello che non capiva. Prima di parlare voleva mettere a fuoco un po' di cose.

Quando non gli indirizzavano la luce nelle pupille, osservava ciò che aveva intorno. Aveva notato uno strano orologio quadrato, tutto nero, al polso dell'azzimato

Professore, uno di quelli che stavano urlando come ossessi, quando lui si era svegliato.

Non gli erano sfuggiti gli strani suoni elettronici, emessi come lamenti, dalle sofisticate macchine che monitoravano il suo stato di salute. Almeno così gli era sembrato, visto che i medici consultavano gli schermi, e commentavano, sapienti, a bassa voce. Ma i tipi in camice bianco erano troppi, per lui solo.

Nella stanza non c'era nessun altro. Poco dopo il suo risveglio, avevano infatti portato via in gran fretta un vecchietto, tutto accartocciato su un letto, che gridava frasi sconnesse e incomprensibili tipo: «Lasciatemi qui, o lo dico a *Striscia la notizia*».

Insomma, doveva essere un caso importante se tanta gente si affollava ansiosa al suo capezzale.

Ma lui voleva comprendere bene, prima di dire il nome e tutto il resto a quegli sconosciuti. Certe volte fingeva di dormire sperando di cogliere qualche dialogo che spiegasse cosa diavolo gli fosse capitato. Però i medici erano prudenti: se qualcuno diceva una parola di troppo, veniva fulminato dall'occhiataccia di un altro. Giovanni si era convinto che in quella stanza, in quell'ospedale, tra quelle persone col camice, si nascondesse qualcosa di poco chiaro.

L'unica che gli dava fiducia era la suora, una donna non giovane ma terribilmente carina. Lui era ateo, almeno così gli sembrava di ricordare, e poteva non vergognarsi di aver fatto dei pensieri sconvenienti, quando lei gli ravviava i capelli e indugiava sulla testa, come a massaggiarla con dolcezza.

Sentiva che era passato un oceano di tempo dall'ultima notte in cui aveva fatto l'amore con Flavia. Forse per questo, quando la religiosa – gli altri la chiamavano Giulia – pensando dormisse, gli carezzava le guance o gli teneva la mano e giocava con le sue dita, lui percepiva un fremito scuotergli il corpo. È vero, era una suora ma, Dio se c'è lo perdoni, per Giovanni era davvero molto appetitosa. In ogni caso aveva il volto buono, e gli occhi teneri. I migliori da guardare, in zona. A parte lei in quella stanza era un trionfo di catene d'oro al collo, di camicie aperte su petti villosi, di capelli bianchi gonfi come le acconciature di certe modelle degli anni Settanta.

C'era, per la verità, anche un infermiere, lo chiamavano Cesare, che doveva essere un tipo simpatico, perché alle sue battute ridevano tutti. Aveva un tatuaggio sul braccio, come fosse un pirata, con una lupa e una parola, "Totti", della quale, quando Giovanni si fosse convinto a parlare, avrebbe chiesto il significato.

Una mattina, la terza o la quarta dopo il risveglio, accadde un episodio strano. Giovanni pensò si potesse definire increscioso, come quando era circolata la clamorosa notizia che Falcão aspettava un figlio in Italia.

Quel giorno entrò nella stanza un nuovo infermiere, chiudendosi la porta alle spalle. Si guardava intorno con un'aria circospetta, come un animale in fuga, e aveva una gran fretta di fare qualcosa. Ma doveva essere, questa fu l'immediata sensazione di Giovanni, una cosa proibita. Era troppo concitato. Il tipo frugò sotto il camice verde e tirò fuori un singolare oggetto della forma d'una piccola scatola o di una saponetta, e lo puntò contro di lui. Giovanni ebbe paura che lo volesse colpire. Sentì distintamente il rumore di clic ripetuti, come di una macchina fotografica, che però non vedeva. L'uomo un po' guardava la saponetta o cosa diamine fosse, e un po' si volgeva, impaurito, verso la porta. Aveva ragione ad aver paura.

Giovanni prima udì delle grida e dei rumori venire da fuori, forse dal corridoio, poi vide entrare di corsa suor Giulia, ancora più avvenente del solito, insieme a due agenti di polizia che gridavano all'infermiere di fermarsi, di smettere, spingendolo contro il muro.

Gli agenti gli strapparono di mano l'affare che quello aveva minacciosamente puntato verso di lui. Uno degli uomini in divisa se lo mise in tasca dicendo: «Questo lo prendo io. Te lo restituisco, ma dopo aver cancellato tutto».

Portarono via l'infermiere, o quello che era, con modi assai spicci. Giovanni non comprendeva ciò che stava accadendo e per di più aveva un gran sonno. Avrebbe potuto chiedere spiegazioni, ma non si sentiva ancora di parlare. Se l'avesse fatto, avrebbe poi dovuto rispondere a quelle stupide domande e non ne aveva alcuna voglia.

Si chiese invece come mai non ci fosse un solo specchio nella stanza. E perché le tende fossero sempre tirate in modo che lui non potesse mai vedere il trascorrere del tempo. Lo intuiva solo dai piccoli mutamenti della quantità di luce che filtrava. Forse volevano evitare che il riflesso dei vetri avesse lo stesso effetto di uno specchio?

Suor Giulia gli aveva fatto la barba, ma anche in quel caso non era comparso nessuno strumento per controllare la bontà della rasatura. Insomma, Giovanni si rese conto di non sapere più che volto avesse. Collegò questa constatazione allo strano episodio dell'infermiere e della polizia, e concluse dentro di sé che ci doveva essere qualcosa di molto misterioso.

Gli avevano cambiato i connotati? Lo avevano trasformato nel protagonista di *Elephant Man*, il film che aveva visto di recente con Flavia? Anche John Merrick, un uomo dai lineamenti mostruosi, stravolti da una malattia, era rimasto in quarantena nella stanza di un ospedale, confortato solo dalle parole del Salmo 23 della Bibbia. Parole che John aveva ripetuto al direttore per dimostrare di non essere ebete: «Se dovessi camminare in una valle oscura, non temerei alcun male, perché tu sei con me».

Di quella storia lo aveva impressionato lo strazio della differenza, riassunto nel grido disperato e devastante di Elephant man: «No! Io... non sono un elefante! Io non sono un animale... sono un essere umano!».

Con Flavia si erano fermati fuori dal cinema per discuterne a lungo, come facevano per ogni cosa vedessero, leggessero, analizzassero, pensassero.

Con lei era tutto da verificare, sempre. Era di continuo in cerca di una sua verità delle cose. Non accettava semplificazioni, non le piaceva che un argomento fosse lasciato a metà, non amava quando Giovanni, accondiscendente per natura, tendeva a smussare gli angoli.

«Sei proprio del Pci...» gli diceva sconsolata, quando lui cercava di trovare una mediazione tra posizioni inconciliabili.

In quella frase, Flavia concentrava ciò che restava del suo spirito ribelle. Dopo il rapimento Moro aveva maturato un distacco dagli ambienti del movimento. Percepiva il progressivo spegnersi della freschezza iconoclasta e libertaria che l'aveva conquistata negli anni più belli. Si erano fatti anche loro "di piombo", come il clima civile del Paese, la cupezza del sangue e delle rivoltelle, il ripetersi dei funerali. Funerali dei propri compagni o di quelli che qualcuno, in nome loro, aveva deciso di ammazzare. Una fabbrica di funerali, per una guerra senza senso alcuno.

Nel periodo successivo al "riflusso" del movimento, ogni tanto Flavia si era sorpresa a chiedersi, passando per piazza della Repubblica, da dove partivano i cortei, in quale buco nero della Storia fossero finite le decine di migliaia di ragazzi suoi coetanei che riempivano le strade con manifestazioni allegre e colorate, cariche di canti irriverenti e di sogni di una vita migliore.

Sembrava tutto possibile, in quel tempo magico. Poi era scesa la pioggia: forte, tagliente. Una pioggia di sangue e di odio che li aveva fatti fuggire ognuno in una direzione diversa, proprio come quando arriva un acquazzone improvviso.

A Flavia, quest'immagine era venuta in mente una volta che stava attraversando via Cavour, una strada di Roma in discesa, che veniva percorsa da tutti i cortei. Via Cavour conosce, prima di una leggera curvatura a destra, un esclusivo punto di osservazione dal quale chi partecipava alla manifestazione poteva misurarne la dimensione, la riuscita. Si spiccava un piccolo salto per vedere meglio la fila infinita di ragazzi, con le stesse rabbie e gli stessi desideri, che avevano deciso, come te, che quello era il giorno giusto per trasformare la propria vita e il mondo intero.

Flavia ricordava come al rallentatore quando, nella fase ascensionale del salto, il suo viso si allargava in un sorriso.

«Perché erano tanti, come te. E allora ti sentivi meno sola, più forte. Ti sentivi in una comunità, ed era come se gli altri ti assomigliassero. Come se il viaggio da compiere insieme fosse senza termine, fosse per sempre.

Invece ci si perde, senza dirselo.

Un giorno qualcuno non parla all'assemblea del movimento, qualcuno il giorno dopo decide di non andarci, qualcuno diserta il corteo convocato, qualcuno non convoca più il corteo.

Non ci si trova più, nessuno salta all'angolo tra via Cavour e via Giovanni Lanza, chissà dove sono finiti gli striscioni colorati e le belle bandiere. Siamo sparsi nel mondo, noi che eravamo in corteo. Non solo perché siamo cresciuti, siamo diventati grandi. No, ci siamo persi perché abbiamo sbagliato, non abbiamo capito, non abbiamo cercato. Eppure vorrei rivederli tutti accanto a me, le ragazze con le gonne a fiori e i ragazzi con i baffi folti. Tutti uguali, come una tribù.

E invece sono sola, qui, ora. E penso a quei volti. A quelli che poi ho ritrovato sui giornali, nelle foto segnaletiche. A quelli che ho visto negli articoli di cronaca, uccisi per overdose dalla droga che, d'improvviso, apparve a capovolgere il destino di molti passati dai cortei ai sottoscala, dal vivere l'allegria e l'energia di un sogno collettivo al morire, uno lontano dall'altro.

Eravamo belli e pieni di luce, eravamo vivi, eravamo insieme. Ora siamo soli. Ma io non ci voglio stare, così. Voglio condividere qualcosa con altri. Anche meno di un mondo nuovo, mi bastano un po' di diritti e un po' di giustizia. Ora non chiedo di più, ma almeno questo sì.»

Aveva da poco festeggiato il Capodanno che inaugurava il nuovo decennio, quando fece questi pensieri. A febbraio del 1980, dopo l'omicidio di Vittorio Bachelet per mano delle Brigate Rosse, decise che poteva bastare. L'aveva colpita l'immagine di quell'uomo inerme riverso a terra, sdraiato contro una parete dell'università La Sapienza, un fagotto gettato lì da qualcuno che era fuggito come un ladro. Un ladro di vite.

Aveva girato e rigirato l'immagine tra le mani per ore, quel giorno di febbraio. Aveva ricordato il colore e l'allegria dei suoi cortei e li aveva confrontati con il grigio plumbeo, la sensazione di freddo di quella fotografia. Allora aveva compreso, una volta per tutte, che il movimento si era definitivamente fermato. Il movimento si era fatto immobile, di piombo.

Flavia quel giorno andò in via Cavour, all'angolo con via Giovanni Lanza, mentre cominciava a scendere una pioggia cattiva. Si mise nel punto esatto in cui, saltando, sorrideva.

Saltò. Non c'era nessuno.

La pioggia, che si era fatta battente, aveva disperso i passanti. Decise di restare sotto quel diluvio, di bagnarsi più che poteva, quasi per lavarsi di quei ricordi. Nel rumore incessante e monotono dell'acqua che cadeva sull'asfalto, Flavia cominciò a recitare, come fosse un rosario, i nomi dei suoi compagni di allora.

Non voleva sovrastare il suono del diluvio.

Voleva solo chiamarli piano, a uno a uno.

L'appello di una classe fantasma.

Otto

Dopo il misterioso episodio dell'infermiere, Giovanni aveva ascoltato, fingendo di dormire, un concitato colloquio tra uomini in camice bianco. Aprendo un occhio, solo uno, aveva notato che alla discussione partecipava, gli sembrò fosse il capo, un tipo in borghese che i presenti chiamavano rispettosamente «direttore».

C'era anche la suora, in un angolo, silenziosa. La sua presenza lo rassicurò.

Ma perché si occupavano tanto di lui? Perché era lì? Perché tutto quel mistero? Dove erano Flavia, suo padre, sua madre? E i compagni della sezione? Ricordava soltanto di essere stato in piazza per i funerali di Berlinguer, poi più nulla. Cos'era successo? Aveva avuto un infarto? Un ictus no, perché muoveva tutti gli arti, se pure a fatica, e ragionava bene.

Nei pochi momenti in cui era rimasto solo, aveva anche provato ad ascoltare la sua voce. Ripeteva piano la formazione della Roma che aveva disputato la finale della Coppa dei Campioni: Tancredi, Nappi, Bonetti, Righetti, Falcão, Nela, Conti, Cerezo, Pruzzo, Di Bartolomei, Graziani. Rammentava alla perfezione, ahimè, dove quello sciagurato di Ciccio Graziani aveva sparacchiato la palla dell'ultimo rigore, quindi anche la memoria era salva. Insomma, si sentiva normale. Fiacco, ma normale.

Allora per quale motivo lo trattavano come un caso clinico? E perché la sparizione degli specchi? Giovanni, pensando a Elephant man, si era toccato la faccia, per verificare se fosse tutto a posto: il naso, la bocca, le palpebre. Si era anche strappato un capello e lo aveva osservato. Chissà perché era bianco.

Un giorno la suora e l'infermiere tatuato lo misero su una sedia a rotelle. Lo presero in braccio. In effetti non si reggeva bene sulle gambe, non aveva forza alcuna. Lo fecero girare intorno al letto sulla carrozzina. Giovanni notò allora che la stanza era spogliata di qualsiasi cosa potesse minimamente identificare il tempo in cui si trovavano o creare un collegamento con il mondo esterno.

Oltre agli specchi, mancavano radio e televisione, non c'era neppure un giornale. Mancavano i suoi vestiti, che fine avevano fatto? Mancavano persino le medicine, cosa ben strana in un ospedale. Le tende continuavano a essere chiuse e Giovanni ancora non aveva potuto vedere il cielo.

Eppure quel giro nei trenta metri quadrati della camera lo trovò eccitante, come la volta che era andato con Flavia sulle montagne russe, al Luna Park dell'Eur. Lei non voleva, le sembrava futile e anche un po' burino, ma lui aveva insistito.

Era il giorno in cui fu ritrovato il corpo del banchiere Roberto Calvi sotto il ponte dei Frati Neri a Londra. Erano così concentrati in metropolitana a parlare dei misteri d'Italia, che non si erano accorti della fermata di Ostiense e l'avevano saltata. L'intenzione era vedere di persona il tavolo del ristorante Al Biondo Tevere, in cui Pasolini aveva consumato con Pino Pelosi la sua ultima cena prima di essere ucciso all'Idroscalo di Ostia. Invece si erano ritrovati all'Eur e Giovanni aveva proposto, era giugno, di andare al Luna Park. Flavia la riteneva una cosa da bambini, politicamente inaccettabile. Ma poi aveva acconsentito di fronte all'entusiasmo, quello sì infantile, di Giovanni. Si erano messi a correre, per arrivare sotto la grande ruota panoramica.

Flavia non aveva voluto dirgli che il Luna Park, come il circo, le metteva una grande tristezza. La stessa sensazione di malinconia che le provocavano tutti i luoghi dove era obbligatorio divertirsi, dove il sorriso era una divisa da indossare a forza.

Ricordava, al contrario, un momento in cui si era sentita prendere da una struggente sensazione di intensità. Era rimasta sola, completamente sola, su una spiaggia. Era fine estate, era il tramonto.

Il bagnino chiudeva stancamente gli ombrelloni e impilava con gesti meccanici le sedie a sdraio. Mentre il gestore del chiosco tirava giù la saracinesca, l'amplificazione aveva diffuso l'ultima canzone della giornata. Era la voce di Mick Jagger che cantava *Angie*. Flavia traduceva dentro di sé quei versi, usando l'inglese che la mamma le aveva insegnato da bambina:

"Angie, Angie, quando scompariranno queste nuvole scure?

Angie, Angie, dove ci porterà il destino?

senza un briciolo d'amore nelle nostre anime e senza un soldo in tasca

tu non puoi dire che siamo soddisfatti
ma Angie, Angie, non puoi dire che non ci abbiamo mai provato".

Qualche mese prima aveva partecipato con la madre al gigantesco corteo che aveva attraversato Roma, la Roma dei papi: si celebrava la vittoria nel referendum che aveva bocciato sonoramente l'abrogazione del divorzio. Le persone erano felici, si abbracciavano. Spirava un'aria di libertà. E alla piccola Flavia, quella notte, sembrò che tutto, nella vita, fosse possibile. Davvero tutto.

Ora, seduta con le gambe piegate trattenute dalle mani incrociate sulle ginocchia, si sentì potente, su quella spiaggia deserta. Da poco le erano venute le prime mestruazioni, un'esperienza insieme inquietante ed esaltante.

Lei stava mutando, il mondo stava mutando. Aveva scritto con un pennarello rosso, su un cartellone appeso nella sua stanza, le parole di *Angie*: NON PUOI DIRE CHE NON CI ABBIAMO MAI PROVATO. Era la sua intenzione di esistere, quella.

Tutto era aperto, infinito.

Come il mare che si spalancava ai suoi occhi, nel

rosso del tramonto, nel silenzio di quell'estate del 1974 che finiva.

Per Giovanni quei giri in carrozzella si protrassero per qualche giorno. Sempre silenziosi, Cesare e Giulia lo trasferivano dal letto alla sedia a rotelle facendolo muovere secondo un percorso, avanti e indietro, poi in tondo, che doveva rispondere a un automatismo per lui inspiegabile. Ogni tanto gli rivolgevano delle domande inutili, volevano sapere se stava bene, se aveva dormito. Una sequenza di banalità, che non meritavano le sue prime parole.

Una sera, quando l'ospedale era deserto, lo vestirono con degli abiti che non erano i suoi, lo misero sulla carrozzina – ma Giovanni sentiva che ormai avrebbe potuto farlo da solo – e, diversamente dalle altre volte, uscirono dalla stanza. Si sorprese di questa novità. Era tardi e il corridoio era buio. Dove lo stavano portando? La presenza di Giulia lo rassicurava, non gli sarebbe successo nulla di brutto.

Con un ascensore raggiunsero il sotterraneo e lì ad aspettarli c'erano le consuete facce dei soliti dottori in camice e del direttore. Ma c'era anche una signora che Giovanni non aveva mai visto. Sarà stato che da molto tempo non toccava una donna ma anche lei gli sembrò non male. Era una bionda, corpo affusolato, labbra carnose. Non male.

Lo fecero salire su un'automobile di cui non seppe riconoscere marca e modello. Una macchina grande, alta, nera, con i vetri oscurati. Sul cruscotto, di fronte a Cesare che aveva occupato il posto di guida, si accendevano delle strane luci e a un certo punto si sentì anche una voce femminile dire «Itinerario consigliato...».

Giovanni si girò a destra e a sinistra per capire di chi fosse. Sul sedile posteriore, di fianco a lui, c'erano la signora bionda e suor Giulia. Ma non erano state loro a parlare. Cesare si affrettò a toccare un tasto su cui doveva esserci l'autoradio e tornò il silenzio. Giovanni colse uno sguardo della bionda all'indirizzo dell'infermiere: assomigliava a una stilettata.

Poi la macchina uscì dalla rampa del garage e fu inghiottita dalla notte della città. Era a Roma, come immaginava, e per Giovanni fu un sollievo. Decise che una volta arrivato a destinazione avrebbe cominciato a parlare. Ma lo avrebbe fatto solo con Giulia. Una suora, l'unica di cui si fidava. Se lo avesse saputo quel mangiapreti di suo padre...

I finestrini oscurati impedivano di vedere bene all'esterno, ma Giovanni puntò gli occhi oltre il parabrezza. In giro c'erano macchine strane, non una Panda, una Regata, una Fiesta.

Roma, in compenso, gli appariva sempre uguale, ma non ebbe il tempo di rendersene conto perché Cesare sembrava avere un gran fretta di raggiungere il Raccordo. Era notte, ormai, quando l'auto arrivò al casello dell'autostrada. Invece di fermarsi, Cesare accelerò puntando dritto verso la sbarra abbassata. Giovanni spalancò gli occhi, terrorizzato, e venne meno all'impegno preso con se stesso.

«Che fa? Freni! Attento, sbattiamo contro la sbarra!»

Ma quella, magicamente, si alzò facendo passare, incolumi, la macchina e i suoi passeggeri. Giovanni si voltò, e dal lunotto posteriore distinse sulla struttura del casello una misteriosa scritta gialla e blu: TELEPASS.

E fu così che si addormentò, vinto dalle emozioni e dalla stanchezza.

Nove

Si svegliò il mattino dopo, sentendo cantare degli uccelli. Nella stanza in cui si trovava, un luogo a lui sconosciuto, regnava un silenzio assoluto. Ricordava di essere arrivato la notte prima, di aver attraversato nel buio un giardino e di essere entrato in un grande ambiente, con una scala maestosa che sembrava quella di un albergo per ricchi. Gli era tornata alla mente quella dell'Overlook Hotel di *Shining*.

Anche quel film aveva visto con Flavia e, una volta usciti dalla sala, lei l'aveva preso in giro per il modo in cui lui le aveva serrato, impaurito, la mano durante tutta la proiezione. La verità è che, da quella notte, Giovanni aveva vissuto per mesi con l'incubo ricorrente del triciclo di Danny, il piccolo protagonista del film.

Nei suoi agitati sogni, ogni angolo di quel maledetto corridoio era l'annuncio dell'improvvisa comparsa di una minaccia orrenda. Danny non c'era più, ora era lui a guidare il triciclo. Giovanni aveva paura di avanzare, in soggettiva, ma sentiva di doverlo fare. Procedeva sospinto da una inspiegabile necessità, ma aveva paura.

Quel sogno gli appariva, al risveglio, una metafora del rapporto con il futuro di chi, come lui, si affacciava alla vita, temendo la vita.

Quando aprì gli occhi vide, a dispetto del silenzio, un mucchio di facce che lo scrutavano, per lui da troppo vicino.

Il suo campo visivo era occupato da quei volti, accalcati uno accanto all'altro. Formavano una specie di tetto che quasi non lasciava filtrare la luce. C'erano i tre compagni del viaggio in auto e poi dei tipi sconosciuti in camice bianco. Appena lui si svegliò definitivamente il tetto si dissolse, come se la sua piena presenza mentale e la loro presenza fisica fossero incompatibili. Si defilarono verso la porta, veloci come lampi e furtive come spie.

Restarono la bionda dalle labbra carnose e l'ovale dolce di Giulia. La suora doveva aver dormito nella stanza, perché ancora non indossava la cuffia. Aveva capelli corti e disordinati che rendevano il suo viso ancora più bello.

Fu la religiosa a pronunciare le prime parole alle quali lui avesse deciso di rispondere. «Buongiorno» gli sussurrò con un sorriso che a Giovanni parve irresistibile, per il misto di dolcezza e complicità che sembrava ispirare il tono con cui aveva pronunciato quelle dieci lettere.

Ci fu un silenzio prolungato.

Le due donne lo guardavano con il tipo di espressione che lui immaginò potesse vedere un neonato sulla faccia di quelli che rendevano omaggio alla sua venuta al mondo. C'era attesa, timore e benvenuto, su quei due volti.

La suora ora si era avvicinata e sembrava volergli carezzare il viso. Lui la lasciò fare, gli piaceva molto.

«Buongiorno, Giulia» rispose Giovanni.

Lei sobbalzò. Non si aspettava di sentire la sua voce, non si aspettava soprattutto che conoscesse il suo nome.

Prima o poi Giovanni avrebbe pur dovuto parlare, aveva un sacco di curiosità da soddisfare. Aveva pensato che era quello il momento giusto per uscire dal buio e dal silenzio. C'erano due donne, belle, e lui, come un navigato attore di teatro, aveva sapientemente scelto la battuta d'entrata. Quella semplicità, quel colpo a effetto del nome erano stati un ottimo inizio.

Uno a zero, e ora si comincia.

Fu Giulia, che aveva più confidenza con quell'uomo che non conosceva, ma che aveva mille volte curato, confortato, carezzato, a rispondere per prima. Guardò l'altra come per ottenere il consenso a farlo. Consenso che arrivò.

«Che bello sentire la tua voce, Giovanni.»

«Anche per me ascoltare la tua, Giulia.»

Colpo da maestro: la ripetizione avvolgente del nome dell'interlocutrice, l'uso immediato del tu, l'accento seduttivo verso una religiosa. La cosa poteva farsi persino divertente.

«Come sei carino...»

Giovanni si interrogò se quella fosse la tipica frase che si dice ai bambini o la risposta alla palla liftata che aveva lanciato nel campo della suora.

Lei proseguì: «Voglio presentarti la dottoressa Daniela. Resterà con noi e ci aiuterà nei prossimi giorni...».

La bionda la interruppe, rassicurante e confidenziale: «Molto piacere di conoscerla, Giovanni. Non dottoressa, solo Daniela...».

«Giulia, Daniela, io avrei qualche domanda da porvi, come immaginate. Piccole cose, tipo: dove sono? Che giorno è? Cosa mi è capitato? Dove sono i miei genitori, la mia ragazza?»

La dottoressa stava per rispondere, toccava a lei evidentemente, ma Giovanni non aveva finito: «Sono certo solo del mio nome, e mi sembra poco. Volevo sapere anche perché le tende in ospedale e adesso qui sono sempre chiuse. Come mai non c'è uno specchio? E perché tutti questi misteri da 007? Fatemi capire che succede».

Daniela e Giulia si guardarono. Quello sguardo, come in codice, non piacque a Giovanni, che si stava per spazientire.

Ma Daniela evitò che accadesse replicando: «Noi le diremo tutto quello che vuole sapere e che ha diritto di sapere. Le devo chiedere però di avere pazienza, non cerchi di conoscere tutto insieme, tutto subito. È per la sua salute, per la sua serenità. Saprà ogni cosa, ma un po' per volta. E, mi creda, le precauzioni che abbiamo preso servono solo a tutelare lei e la sua privacy».

«A tutelare che?» chiese Giovanni.

Daniela sorrise. «Ah già... A tutela della riservatezza dei dati sulla persona. Vede com'è più facile dirlo in inglese? È più breve, più rapido.»

«Ma qui siamo solo noi tre... Ora può dirmi cosa diavolo ho avuto?» Desiderava con tutto il cuore usare un'altra parola invece di "diavolo", ma c'erano due donne, anzi una suora e una signora, insomma due femmine.

«Allora...» cominciò Daniela, mentre Giulia le porgeva una sedia che la dottoressa sistemò alla destra del letto. «Qual è il suo ultimo ricordo?» proseguì una volta che si fu seduta.

«A dir la verità la domanda l'avevo fatta io. Comunque è il giorno dei funerali di Berlinguer. Ricordo di essere andato in piazza San Giovanni con papà e Flavia, la mia ragazza. Ricordo che stava per parlare Nilde Iotti, avrà tenuto di certo un bel discorso. Poi non ricordo altro. Ho avuto un collasso per il caldo?»

«Ecco, Giovanni. Quel giorno...»

Lui la interruppe: «Mi scusi, Daniela. Prima che inizi vorrei chiederle: ma lei è dottoressa di cosa? Perché è qui? La suora posso immaginarlo. Lei, invece?».

Daniela restò in silenzio a lungo. Troppo a lungo. Poi disse tutto d'un fiato: «Sono una psicologa».

A Giovanni venne in mente l'interminabile pausa di Valerio Morucci durante la telefonata a casa del professor Tritto per annunciare la morte di Aldo Moro. Il terrorista si era spacciato, all'inizio, per il dottor Niccolai, ma dopo le insistenze dell'interlocutore, «Io voglio sapere chi parla» aveva risposto con una pausa, poi uno sbuffo seguito da un raggelante: «Brigate Rosse». Quel messaggio era restato nella memoria di Giovanni e lo terrorizzava, ogni volta che ci aveva ripensato. Con le debite proporzioni era la stessa sensazione che provava in quel momento. Daniela non era solo un medico, come aveva supposto. Era una psicologa.

Si spaventò: era diventato matto per il dolore e il caldo, quel giorno a San Giovanni? Si trovava per caso in un manicomio? Cominciò a diffidare del tono troppo accomodante delle due donne, temette che gli dessero ragione come si usava proprio con i pazzi…

Ricordò in un lampo che, grazie a Franco Basaglia, i manicomi erano stati da poco chiusi e si calmò. Flavia, allora, aveva voluto partecipare ai funerali dello psichiatra, a Venezia. Giovanni non se l'era sentita, forse aveva una riunione in sezione. E lei l'aveva presa male, si era arrabbiata ed era andata da sola, in treno.

«Era uno che le cose le ha cambiate davvero e io devo dirgli grazie» gli aveva urlato dal telefono a gettoni della stazione Termini.

Aveva avuto ragione lei, come al solito, forse grazie a Basaglia lui ora non era rinchiuso in un manicomio, ma in un posto tranquillo, pulito, elegante.

Almeno così gli sembrava, così sperava...

«Continui, Daniela, la prego. Quel giorno?»

«Quel giorno lei ricevette un colpo in testa, molto violento...»

«I fascisti?» domandò Giovanni.

«No, le cadde sulla fronte il bastone di un grande striscione tenuto da alcuni militanti del suo partito che erano di fianco a lei...»

«E quindi?» chiese con legittima apprensione Giovanni.

«E quindi lei perse i sensi, fu caricato su un'ambulanza e portato in ospedale. Era privo di conoscenza... Entrò in coma.»

«Mi scusi, Daniela. Lei dice "ricevette", "cadde", "perse", "fu caricato", "entrò", non dice "ha ricevuto", è caduto" o "ha perso". Quant'è passato? Quanto tempo è passato da allora?»

Daniela guardò Giulia. Giovanni seguì quello sguardo e notò che la suora era in evidente apprensione, quasi pendesse dalle labbra, in verità carnose, della dottoressa.

Daniela lo fissò negli occhi e, come si dice a un bambino che Babbo Natale purtroppo non esiste, fu costretta ad ammettere: «Molto, molto tempo».

Lui ricordò di aver letto su “Epoca” un articolo a proposito di un caso di coma, in America, in cui il paziente si era risvegliato dopo sei mesi. Era stato un evento eccezionale.

Per questo azzardò, esitante: «Sei mesi?».

Daniela scosse la testa: «Di più…».

«Parliamo di anni?»

«Sì, Giovanni, parliamo di anni.»

«Uno?»

«Di più.»

«Due? Sono da due anni in coma?»

«No, Giovanni.» Daniela si concesse un’altra pausa, stava assomigliando a Craxi quando faceva i discorsi.

Poi pronunciò parole che suonavano grottescamente in contrasto con il sorriso dolce e rassicurante che le accompagnava: «No, Giovanni, sono trentatré anni».

Ci fu un glaciale, infinito, sgomento silenzio.

«Oh, cazzo» esclamò alla fine Giovanni, dimenticando che di fronte a lui c'erano due donne, anzi una suora e una signora, insomma due femmine.

«Oh, cazzo» ripeté, prima di svenire.

Dieci

«Va bene, siete state divertenti, anche se avete rischiato di farmi venire un colpo. Ora ditemi la verità, senza più scherzi: in che anno siamo?»

Dopo i sali, una flebo di sostegno, e qualche leggero schiaffetto di Giulia, Giovanni aveva acquisito un'inedita voglia di parlare. E di sapere.

Durante il tempo in cui era rimasto privo di sensi era successa una cosa eccezionale: qualcuno, lui pensava fosse stata Giulia, aveva aperto le tende. Adesso la finestra accoglieva una luce forte e dal letto poteva vedere il cielo azzurro chiaro, senza neppure una nuvola. Ne dedusse, sommando i fattori, che fosse estate.

Estate, ma quale estate?

«Siamo a luglio del 2017, Giovanni» rispose Daniela. «So che è incredibile, ma è successo. Lei è stato più di trent'anni in coma. È un evento unico. L'altro aspetto eccezionale, quasi miracoloso, è che, per quanto debilitato e con qualche difficoltà motoria che prevediamo di superare, ha il pieno possesso delle funzioni neurologiche. Un caso come il suo richiede assoluta discrezione, perciò ha avvertito un'aria di segretezza. Volevamo evitare che, nelle sue condizioni, subisse l'assalto dei media. Per questo, dopo un incidente con un fotografo travestito da infermiere, abbiamo deciso di portarla qui, in questa casa di cura dove ospitiamo pazienti che hanno bisogno di tranquillità per riprendersi da traumi o malattie importanti.»

Giovanni era incredulo, smarrito. Sembrava aver perso la voce, non riusciva ad articolare parola. Solo dopo alcuni minuti, con il candore di un bambino che non ha imparato a contare, chiese solamente: «Quindi ora quanti anni ho?».

Fu Giulia a prendersi l'onere della risposta, era la persona che lo conosceva meglio e che più di altri aveva condiviso il suo lungo sonno.

Giovanni lo ignorava, ma loro due avevano trascorso molto tempo insieme. D'inverno, al tramonto, Giulia lo raggiungeva nella sua stanza. Era l'ora della giornata che, fin da piccola, le procurava un'insopportabile malinconia. Quando il cielo cominciava a farsi scuro, si sedeva e pregava con lui, pregava per lui. Ma non pregava soltanto. Gli parlava di sé, si confidava. A quel ragazzo, poi diventato uomo, Giulia aveva raccontato i pensieri più intimi e profondi, le ansie, i rimpianti.

Aveva confidato, a quell'amico immobile, persino i momenti, ce n'era stato più di uno, in cui la fede aveva vacillato e aveva sentito affievolirsi il senso profondo della sua scelta. Quella che l'aveva portata a chiedere al padre morente una paradossale benedizione laica per la sua volontà di diventare suora. Aveva respinto tante volte i dubbi. E, non riusciva a confessarlo neanche a se stessa, temeva di averlo fatto anche per rispetto del padre e del loro ultimo "grande discorso".

Che strano, restare suora per onorare un impegno preso con un genitore ateo e comunista. Ma non le sembrava di deludere Dio, scegliendo così. Se il suo Dio era quello giusto e buono che lei immaginava, avrebbe di certo compreso quanto di "religioso" ci fosse nel travaglio di quella ragazza piena di fede e di domande.

Il dubbio aveva scelto di non rigettarlo mai. E quando aveva tempo per meditare, tra un prelievo e una medicazione, si aggrovigliava in interrogativi devastanti sull'origine del mondo, sulla relazione tra terreno e divino, sul libero arbitrio, sul rapporto tra fede e libertà della persona.

Ma c'erano anche più inconfessabili ragioni di disagio. Riguardavano l'essere donna. La consapevolezza che sotto quella tonaca il suo corpo subiva l'usura del tempo e sotto la cornetta stavano spuntando i primi capelli bianchi. Certe notti la prendevano pensieri che respingeva, ma che continuavano ad affiorare.

Se Dio le aveva donato un corpo e se questo corpo era anche parte dell'avventura umana, per le pulsioni e per gli istinti, perché chi serve Dio non dovrebbe conoscerli, condividerli, capirli?

Perché il donarsi a Dio deve significare farsi altro dagli umani, rifiutare una parte dell'esperienza terrena, amputare del piacere la propria esistenza? Il piacere non può essere peccato. Per concepire un figlio si passa attraverso il piacere, quale incontro più armonico? E perché una suora non può mettere al mondo una creatura, donarle l'amore di cui è capace? Davvero Dio è così egoista da pretenderlo tutto per sé, solo per sé?

Le era capitato, in quei momenti, di stringere la mano di Giovanni, di carezzargli le braccia e qualche volta anche il torace. Non cercava nient'altro che un po' di sicurezza, un po' di quell'affettività che solo il calore di un altro essere umano può trasmettere.

Giovanni era stato il suo confessore, per tanti anni. Non le aveva impartito penitenze, se le infliggeva da sola, con la sua coscienza di ragazza votata a Dio ma perennemente inquieta, perennemente in viaggio.

Per questo toccava a lei dirgli la verità, raccontargli che buona parte della sua esistenza l'aveva trascorsa immerso in quel lungo e profondo sonno. Che si era addormentato giovane, ragazzo, e adesso era un uomo adulto, a dir poco.

«Cinquantatré anni, oggi è questa la tua età, Giovanni.»

L'ultima volta che era stato in piedi, l'ultima volta che ricordava di aver visto la luce del sole, l'ultima volta che ricordava di aver parlato con qualcuno che non fossero le due donne che ora lo guardavano preoccupate, Giovanni aveva vent'anni e tutta una vita davanti. Un mondo di sogni e progetti. Il lavoro, voleva fare il geografo, la famiglia con Flavia, una casa tutta loro, dei figli, si erano detti almeno due, da crescere.

Invece aveva passato buona parte della primavera dell'esistenza a dormire, come un fesso. Ora aveva paura: come sarebbe stata la realtà fuori? Cos'era capitato? Dov'erano i suoi affetti? E in Italia cos'era successo?

Era come se nascesse di nuovo: un neonato adulto, dotato di ragione e di domande, di pensieri e di timori, che si affacciava alla vita. Ma era disarmato. Del suo mondo, quello che padroneggiava, era sicuramente rimasto ben poco.

E non riusciva a immaginare cosa potesse esserci oltre quella finestra. Gli stavano nascondendo il presente, da giorni. Avevano occultato tutto ciò che poteva consentirgli di decifrarlo.

Pensò con spavento che, mentre dormiva ignaro, era passato il Capodanno del Duemila. Aveva chiuso gli occhi in un decennio, in un secolo, in un millennio diversi da quelli in cui li aveva aperti. Gli vennero le vertigini, accompagnate da un profondo senso di nausea.

Fece un segno a Giulia, che capì e corse a prendere, sotto al lavandino, il cestino dell'immondizia. Daniela arretrò di un passo e lui si liberò. Ebbe conati lunghi e ripetuti. Nonostante la sua alimentazione fosse più che leggera, sembrava che attingesse a un deposito segreto e infinito di bile e cibo.

Mentre dava di stomaco, Giovanni pensò che stava vomitando un secolo intero, non un pasto.

Quando finì era spossato, gli occhi rossi, la fronte imperlata di sudore, la gola arsa.

Nel momento in cui Giulia lo aiutava a tornare in posizione orizzontale adagiandogli la testa sul cuscino, Daniela disse: «Sono troppe emozioni, per oggi. Se domani si sentirà meglio, continueremo. Abbiamo tanto da raccontarci. Ora dorma un po'». Poi prese la borsa e si mosse verso la porta. Giulia, che aveva ancora i capelli liberi dalla cuffia e perciò si sentiva un po' in imbarazzo, gli rimboccò il lenzuolo e seguì la dottoressa.

Prima di uscire si voltò verso Giovanni. Lui la guardò e, sicuro di non essere visto da Daniela che era già nel corridoio, rivolse alla suora un gesto con la mano. Un gesto come se stesse raccogliendo una rete o un gomitolo di lana: muoveva con un ritmo lento le dita unite verso il palmo della mano aperta. Le stava chiedendo, così a Giulia sembrò, di non andare via, di non chiudere quella porta. Forse di non lasciarlo solo. Non ora.

Giulia farfugliò qualche parola nella direzione della dottoressa, tipo: «Vedo se ha bisogno di qualcosa. Lei vada, la raggiungo...».

In una mano teneva la cuffia, nell'altra il cestino da far sparire subito. Era confusa. «Aspetta un attimo» disse, come se rispondesse a quella mano che la cercava. Uscì per un minuto, forse meno. Tornò senza il cestino, per fortuna, e con la cornetta che ora le nascondeva i capelli. Questo dispiacque a Giovanni, che non avrebbe avuto comunque la forza di protestare e pertanto aggiunse solamente quel minuscolo granello alla catena montuosa di dolori e solitudine che sentiva squarciargli cuore e cervello in quel momento.

«Hai bisogno di qualcosa?» domandò sottovoce la suora, riportando con un gesto brusco alcuni capelli ribelli nella cornetta d'ordinanza. Lui avvertì un'emozione o un turbamento in quella domanda. Come se Giulia volesse essere sicura che quel movimento della mano di Giovanni, così dolente e così intimo, altro non fosse che una convenzionale richiesta d'aiuto: un sorso d'acqua, un fazzoletto bagnato sulla fronte febbricitante.

Ma Giovanni, con gli occhi chiusi, le fece un altro gesto. Questa volta, con la stessa mano, le chiese, alzandola, poi abbassandola, di sedersi vicino a lui. Giulia era un po' spaventata e un po' felice che, con la scelta della sequenza dei tempi e dei movimenti, avesse voluto dirle che desiderava restare solo con lei, senza Daniela.

Nel momento più sconcertante della sua vita, quel ragazzo diventato uomo le stava mostrando di avere bisogno di lei, proprio di lei. Giulia si sentiva sempre più confusa, ma prese una sedia e si mise vicino al letto.

«Riesci a parlare? Come ti senti?» gli chiese.

Giovanni davvero non ce la faceva a rispondere, non aveva le energie. Ma pensò che forse l'uso del linguaggio delle mani gli avrebbe consentito di ottenere da quella donna – va bene, da quella suora – più di quanto sarebbe riuscito ad avere con le parole, che più facilmente sono addomesticate dai ruoli che ciascuno riveste.

Perciò fece di no con il dito che si muoveva come un metronomo. Poi, per rispondere alla seconda domanda, rivolse il pollice in giù, l'unico segno che gli era venuto in mente.

Giulia sorrise, immaginando quando lei o Daniela avrebbero dovuto spiegargli che quel gesto non era finito per sempre nel Colosseo dei gladiatori, ma era, ciò la inquietava, tornato attuale in una rete di comunicazione, chiamata social network, che lei osservava senza prendervi parte. Aveva aperto dei falsi account. Li teneva inattivi, senza parole né immagini, ma questo le consentiva di capire cosa succedeva, di quali argomenti le persone parlassero.

Era, si rattristava a pensarlo, la sua finestra sul mondo. Non le piaceva, provava paura, spesso tristezza, ma non ne aveva altre per vedere la realtà oltre quell'ospedale, oltre la sua cella nel convento.

«Sei triste?» domandò.

Giovanni posò il palmo sul lenzuolo, poi girò la mano e la mosse verso la sua destra. A Giulia sembrò quasi che lui si fosse arrabbiato, che le stesse dicendo: "Ma che domande… Certo, sono triste. Come potrei non esserlo…".

Se fosse stata questa la sua reazione, pensò la suora, avrebbe avuto ragione. D'altra parte, anche lui doveva sforzarsi di comprenderla, non era facile dialogare con una mano. La stessa mano che ora si protendeva verso di lei in un'interminabile marcia di avvicinamento, simile a quella del ragno sulla spalla di James Bond in 007 – *Licenza di uccidere*, un film che aveva visto da bambina con il padre al cinema Turreno di Perugia e che l'aveva entusiasmata tanto da farle sognare di diventare agente segreto, da grande.

Ma ora quelle dita, grattando il lenzuolo, si avvicinavano sempre di più e sembravano chiamare le sue.

Poteva non rispondere alla domanda di affetto di quell'uomo? Poteva ignorarla? Si voltò verso la porta per essere sicura che fosse chiusa e questo movimento istintivo la fece arrabbiare con se stessa. Non c'era nulla, proprio nulla, da nascondere. Si stava comportando come una buona cristiana che offre aiuto a chi ha bisogno di conforto.

Se lo ripeteva, come un mantra rassicurante, mentre quelle dita, belle e affusolate, si avvicinavano fino quasi a sfiorarle la tonaca e la gamba.

Giulia ruppe gli indugi e rispose a quella domanda di affetto e di calore. Prese la mano di Giovanni tra le sue e la tenne come un'ostrica che protegge la perla.

Ogni fremito, ogni spasmo dei muscoli e dei nervi di quelle dita ora aveva un significato e, in quel momento, le mani di Giulia erano le sue orecchie. Giovanni non si mosse, forse aver raggiunto la meta e trovato il calore di quell'accoglienza, poteva essere sufficiente. Ma durò per poco, le sue dita infatti cominciarono presto a carezzare l'interno del palmo. Componevano sulla pelle dei disegni astratti, come le forme di Miró.

Non c'era niente che Giulia avesse mai considerato più casto e innocente della pelle delle sue mani. Mani buone per pregare, per preparare il cibo ai malati, per cucire, per sostituire una medicazione, per portare il pacco della spesa alle consorelle più anziane. Ma ora, all'improvviso, quella parte del suo corpo la imbarazzava, le faceva imperlare la fronte, mentre saliva fino al cervello uno stordimento che da ragazza aveva conosciuto e rubricato come eccitazione, prima di relegarlo per sempre nella categoria del peccato.

Ma lei ora non poteva lasciare quella mano. Non adesso. Sarebbe stato un gesto inspiegabile che avrebbe avuto anch'esso un significato: dire a Giovanni che lei aveva capito e rifiutava un'intenzione che magari lui, nella disperata condizione di quel momento, non stava affatto nutrendo.

Per questo non si sottrasse neanche quando l'uomo, all'interno di quel giaciglio di pelle calda, scelse la mano destra di Giulia e scansò la sinistra. Lei dischiuse la conchiglia e Giovanni, audace o afflitto, intrecciò le dita con quelle ormai aperte e indifese della suora.

Giulia decise che bastava così e fermò ogni altro

movimento serrando con la sinistra il dorso della mano di lui.

Giovanni pensò che sì, era giusto non spingersi oltre.

Che si sentiva meglio.

Non sapeva se Giulia avesse compreso che, ora, aveva bisogno di stringere forte la mano di una donna, non di una suora.

Comunque, confusi dai loro dubbi, quella donna – va bene, quella suora – e quell'uomo sconvolto, rimasero a lungo mano nella mano.

Come marziani, erano figli consapevoli di due millenni diversi. Li univa il calore di un gesto, che li faceva umani.

In quella stanza, in quel giorno d'estate, con il sole che, crescendo, illuminava il loro gesto.

Il gesto di *un* amore.

Undici

Confortato, come un bambino impaurito, dal calore di quelle mani intrecciate, Giovanni dormì l'intera giornata e la notte successiva. Il suo lungo sonno fu popolato dal vuoto. Sognò solo un cielo nero, ma affollato di stelle, e provò la meravigliosa sensazione di volarci dentro. Eppure era come se il volo fosse imprigionato, si scontrasse con un limite invalicabile, come se in quello spazio immenso lui potesse disporre di un itinerario, uno solo. Un percorso circolare, sempre uguale.

Sentiva il fascino di volteggiare libero in quel misterioso universo di buio e luci, ma era divorato da una rabbia compressa per l'impossibilità di varcare le invisibili colonne d'Ercole che lo costringevano, in tanta meraviglia, a compiere ossessivamente la stessa rotta.

Costretto, in un universo di possibilità.

Si svegliò perché qualcuno lo stava chiamando. Era Daniela. Appena lui aprì gli occhi, gli chiese: «Come si sente? Eravamo preoccupati. Capisco che lo choc sia stato terribile e avesse bisogno di riprendersi…».

«Riprendermi? E da cosa, dottoressa? Dovrei riprendermi trentatré anni che mi sono stati strappati. Quasi metà della vita, si rende conto?»

Non capiva neanche lui perché fosse stato così aggressivo con quella donna bella, un po' algida. Nella stanza non c'era nessun altro, neanche suor Giulia. La sua assenza lo preoccupò: sperava di non averla offesa, che non avesse frainteso quella danza di dita. Gioco innocente. O quasi.

Giovanni guardò Daniela. «Mi scusi, non ce l'ho con lei. Ma con qualcuno devo pur sfogarmi. E non mi racconti che sono stato fortunato a risvegliarmi. Che potevo andarmene o che voi potevate lasciarmi morire.

Forse sarebbe stato meglio. Ora mi sembra d'impazzire. Devo ricostruire ciò che è accaduto intorno a me, mentre non c'ero e, se c'ero, dormivo, come diceva quello spettacolo teatrale. La mia arguta capacità deduttiva mi suggerisce che, se è qui per seguire il mio risveglio, è perché hanno scelto proprio lei per riportarmi nel mondo. Immagino vorrà introdurmi gradualmente. E la prego di procedere così, già ieri è stato come se mi fossero cadute sulla testa due incudini.»

«Giovanni, quello che le è capitato è incredibile e, creda, mi rendo conto di quanto, per lei, sia terribile. Nella letteratura medica figurano risvegli al massimo dopo ventitré anni. Il suo è il primo che supera i trenta.»

«Campione del mondo di risveglio... Se la scelgono come disciplina olimpica, faccio i soldi e finisco al *Costanzo Show*...»

«Mi lasci concludere, per favore. Il dato straordinario è che lei abbia ritrovato le sue facoltà intatte. Certo, è dimagrito, non riesce a stare in piedi, all'inizio non parlava e, anche se non se ne accorge, lo scorrere delle sue parole è più lento del mio. Ma è qualcosa che supereremo. Comunque ha ragione, sono io che devo accompagnarla lungo la strada del ritorno alla vita, anzi alla conoscenza della vita. Sono io il suo Virgilio. Capisce cosa intendo?»

«Dottoressa, anzi, se posso, Daniela. So chi è Virgilio e ricordo, come se li avessi letti ieri, i canti più noti della *Divina Commedia*, quelli che ci facevano studiare a scuola. Però ho la sensazione che a scegliere lei non siano state la Vergine, santa Lucia e Beatrice, le "tre donne benedette" del secondo canto dell'*Inferno*, ma un professore in camice con la collana d'oro esibita sul petto villoso e forse quel signore grasso in borghese che chiamano "direttore". Spero non siano suoi amici, perché a me non piacciono.»

Daniela sorrise, cosa poteva fare... Stava per replicare quando Giovanni la guardò negli occhi con aria seria, quasi implorante: «Penso di essere pronto. O, meglio, non lo sono affatto, ma voglio farlo subito. Può darmi uno specchio? Ho bisogno di vedere come sono diventato. Ho il diritto almeno di conoscermi, se non riuscirò a riconoscermi».

«Se la sente davvero? È sempre molto bello, comunque...» gli disse la donna, ammiccando.

«È quel "sempre" che non è rassicurante... Mi dia uno specchio e, se può, mi lasci solo.»

«Glielo cerco, ma non posso lasciarla solo. Per un po' dovrà accettare la nostra permanente compagnia. Stanotte con lei ha dormito Cesare, l'infermiere. Suor Giulia l'abbiamo mandata a riposare un po'. Era esausta e sembrava turbata. Sa che in tutti questi anni è stata lei a curarla, a raderla, a seguire ogni aspetto della sua degenza? Credo che anche per Giulia, abituata da così tanto tempo a vederla dormire, il suo risveglio sia un evento importante. Ora prendo lo specchio, torno subito.»

Da quando era "tornato al mondo", quegli istanti erano i primi in cui restava solo, davvero solo. Cercò di tirarsi su, per mettersi seduto. Ma le braccia e le gambe erano prive di forza. Gli occhi invece erano potenti e affamati come mai.

E allora il massimo di libertà che poté concedersi fu muoverli, come in una panoramica, verso sinistra, e portare lo sguardo alla ricerca del cielo, incorniciato da due grandi vetri. Anzi, solo adesso che le tende erano aperte del tutto, Giovanni si accorse che la stanza era dotata non di una semplice finestra, ma di qualcosa di più bello: una porta a vetri che, evidentemente, doveva affacciare su un terrazzo. Arrivare fin lì era, da quel momento, l'obiettivo che si sarebbe dato. Il primo gradino della sua rinascita. Sua, o di quel signore, forse sconosciuto, di cui si apprestava a scoprire le sembianze.

Daniela rientrò nella camera tenendo nascosto dietro la schiena, quasi vezzosamente, uno specchio circolare, sorretto da un manico d'acciaio smaltato in rosa. Lo porse a Giovanni, il cui battito in quel momento correva tanto da fargli male nel torace. Aveva sentito, toccandosi il corpo, di essere diventato più ossa che carne. E ora, mentre la dottoressa si avvicinava, gli sembrava che il cuore, a mille giri, fosse più potente dello spessore del suo petto, potesse uscirne, sfondandolo, e mettersi a rotolare per la stanza, lasciando a terra una imbarazzante bava rossa.

Giovanni prese l'oggetto. Daniela arretrò di un passo, per discrezione, e quasi sbatté su Giulia che, trafelata, stava entrando. La dottoressa le fece segno di fermarsi, di non parlare. Giulia si bloccò e realizzò che Giovanni non si era neanche accorto di lei, impegnato com'era a rigirare tra le mani quel vetro incorniciato di rosa, che per il momento aveva appoggiato contro il lenzuolo. Sembrava stesse cercando le forze per girarlo, portarlo davanti al viso e scoprire com'era diventato, trentatré anni dopo essersi visto l'ultima volta, nello specchio di casa dei suoi, abbracciato a Flavia, con la quale aveva dormito.

Ricordava perfettamente se stesso: capelli neri, ricci ma non troppo, e gli occhi azzurri. Non per vantarsi, ma se una ragazza tanto fascinosa e matura come Flavia, di due anni più grande, l'aveva scelto, voleva dire che era, chissà se si diceva ancora, "un gran fico".

Trattenne il respiro, immaginò il suo cuore che piroettava verso la portafinestra e sollevò la mano destra. Si accorse che tremava, tutto lui tremava. Daniela e Giulia lo guardavano emozionate.

«Chi sei?» chiese piano Giovanni a quell'uomo con la fronte stempiata, i capelli brizzolati, la pelle non più levigata, ricamata di rughe intorno agli occhi. Non smise di fissarlo in silenzio, anche quando vide che sul volto di quell'uomo scendevano, silenziose, delle lacrime.

Pensò per un attimo che adesso aveva davanti qualcuno che sembrava suo padre, e invece era lui anziano, lui dopo il grande sonno.

Il suo lavoro interiore sarebbe stato, d'ora in avanti, ricongiungere questi due visi, avvicinarli un po' alla volta fino a far combaciare le due immagini. Il giorno in cui si fossero sovrapposte perfettamente, sarebbe tornato una persona intera e non un essere scisso nelle due identità che adesso sentiva di avere dentro di sé. Un'abbondanza che avvertiva non come una moltiplicazione, ma come un'insopportabile sottrazione.

Distolse per un momento lo sguardo da quell'uomo

nello specchio e lo indirizzò verso la porta, dove vide Daniela e Giulia. Era davvero felice che la suora fosse arrivata. Tutte e due lo osservavano intenerite, condividendo le silenziose lacrime di quel volto riflesso. Sconosciuto, non estraneo.

In quell'istante, opportuno come una martellata al basso ventre, entrò rumorosamente il direttore che, con voce tonitruante, chiese, anzi gridò in modo ilare: «Come sta oggi il nostro redivivo?».

Daniela lo incenerì con un'occhiata e gli fece segno di uscire. L'altro si accorse di aver smarronato gravemente e, dimenticando per una volta le gerarchie, tornò sui suoi passi.

«Davvero sono diventato così?» domandò Giovanni, più malinconico che disperato, alle due donne rimaste in piedi vicino alla porta. Fu Giulia a superare la linea invisibile di discrezione che le aveva tenute lontane dal letto e ad avvicinarsi. Gli posò una mano sulla testa, gesto che Giovanni vide riflesso nello specchio. Sembrava incurante del gioco che – forse, non ne era sicura – tra loro c'era stato.

Tornata nella sua piccola camera e afflitta da un turbamento di cui non decifrava la natura, aveva pensato che, nonostante quelle dita intrecciate, nulla doveva cambiare: lei avrebbe continuato a essere materna con quell'uomo di dieci anni più grande di lei.

Era il suo ruolo e la sua missione più profonda. Voleva proteggerlo, voleva essere la levatrice della nuova vita di Giovanni che cominciava. Voleva tenergli una mano invisibile sulla testa e difenderlo da un mondo per lui sconosciuto e, dunque, pieno di pericoli.

«Giovanni, il tempo passa per tutti e ci rende diversi. Non più brutti, diversi. Certe volte guardando le foto di quando eravamo giovani, pensiamo di essere migliori oggi...»

«Sì, Giulia, ma il mio tempo io non l'ho visto passare. Mi sono addormentato ragazzo e mi sveglio adulto, quasi anziano. Fatico a riconoscermi. Non so quale dei due io sia. Non ho potuto cambiare insieme al mio aspetto fisico. Sono rimasto dentro quello che la vita mi ha fatto, un ventenne degli anni Ottanta e ora questo contenuto, la mia interiorità, è vestito da un contenitore che mi è estraneo, non mi appartiene. Dentro sono io, fuori è un altro. Dentro ho vent'anni, fuori cinquantatré.»

Daniela recuperò il suo ruolo: «È su questo che dovremo lavorare. Ci muniremo di ago e filo, e cercheremo di ricucire queste due vite, queste diverse stagioni della sua esistenza. Lo faremo usando il tempo e le parole, le cose più preziose di cui disponiamo. Staremo molto insieme, spero non le dispiaccia…»

«Sei sposata, Daniela?» Giovanni scosse la conversazione: era passato al tu, per scelta unilaterale, e si era infilato senza metafore o giri di parole nella vita privata della sua psicologa. Un rocambolesco capovolgimento di ruoli.

Daniela sobbalzò, scossa, ma non lo diede a vedere.

«Lo sono stata. Poi mi sono separata. Ora vivo da sola con un figlio di tredici anni. Un giorno o l'altro te lo farò conoscere.» Anche lei era passata al tu, non voleva marcare, in un frangente così complicato per Giovanni, una inopportuna distanza.

«E io? Che ne è di Flavia? Mi ha aspettato? Come sta? E mio padre e mia madre? C'è ancora qualcuno al mondo che si occupa di me, che mi vuole bene?»

Giovanni non poteva rendersi conto che in quello stato di agitazione le parole gli uscivano più lente, quasi scandite, come se le dettasse a qualcuno. Così quella frase, detta al rallentatore, suonava ancora più straziante. C'erano, insieme, la solitudine e la sofferenza della sua condizione.

Daniela e Giulia si guardarono.

La dottoressa aggiunse: «Mi hai chiesto di non dirti tutto insieme. È quello che farò. È quello che è giusto fare. Oggi hai conosciuto te stesso, hai scoperto come sei. Non è stato facile e mi pare che di emozioni ne hai avute abbastanza. Adesso riposa. Presto ti racconterò quello che vuoi sapere. Pian piano, per gradi. Al mondo si viene un poco alla volta. E tu stai tornando al mondo».

I conti che Giovanni si era fatto nella testa a proposito dell'età dei genitori lo preparavano al peggio. Ma non voleva, neanche per un attimo, sentirsi del tutto solo, del tutto nudo in un universo ignoto e ostile.

Aspettò che le due donne chiudessero la porta sul loro sorriso.

Poi disse, sottovoce: «Ma voi mi volete bene? Almeno voi?».

Dodici

Giulia e Cesare tornarono poco dopo, insieme a un'altra persona. Era un fisioterapista, silenzioso come una spia russa. Evidentemente gli avevano raccomandato di non proferire parola per non compromettere il delicato lavoro della psicologa. Bastava una battuta sbagliata per rovinare ogni cosa.

Lo aiutarono, tutto il pomeriggio, a compiere esercizi di riabilitazione. L'infermiere prendeva Giovanni supino da sotto le ascelle e, caricandosene il peso, lo tirava in avanti per un numero infinito di volte. Serviva a rafforzare gli addominali, gli dicevano. Gli facevano muovere le gambe, prima allungandole, poi piegandole a compasso. Il fisioterapista gli praticava anche dei massaggi, per rimettere in movimento tutti i muscoli del corpo. Dalle dita delle mani, il cui uso peraltro Giovanni aveva dimostrato di padroneggiare assai bene, a quelle dei piedi. Gli spiegarono che quel trattamento si chiamava “mobilizzazione passiva”.

Quando Giovanni era Giovanni, e non il nonno di se stesso, correva i 400 metri in 49 secondi e 50 decimi. Ora, invece, ogni minimo gesto gli costava fatica. Anche sollevare il ridicolo peso da un chilo che Giulia gli aveva messo tra le mani, sfiorandole senza intenzione. Quel contatto bastò a ricordargli il gioco di arabeschi che aveva disegnato sul palmo di lei, forse esagerando e turbandola. Per questo non chiuse la mano per trattenere lo sfioramento e si concentrò sui movimenti che gli venivano richiesti, come uno scolaro disciplinato.

Giulia gli spiegò che molti di quegli esercizi, molti di quei massaggi gli erano stati praticati anche mentre era addormentato, parola dolce per non dire coma.

«Eri tu a farmeli?» chiese Giovanni.

«No, lui» lo gelò la suora indicando Renato, il fisioterapista, che piegò le labbra in un sorriso un po’ fesso e annuì, sempre muto come un eremita.

«Ah, vabbè, mai una buona notizia» non riuscì a trattenersi il “redivivo”, mentre ricambiava il sorriso di Renato.

Quando sceglieva un'espressione, una qualsiasi, adesso doveva immaginarla sugli strani lineamenti che aveva visto nello specchio. Non era sicuro che il suo repertorio di un tempo funzionasse, su quel nuovo palcoscenico. Nuovo, poi...

Era tutto sudato, alla fine del lavoro. Cesare si preoccupò di lavarlo, Giulia era pudicamente uscita, poi di mettergli il borotalco sotto le ascelle e in ogni angolo del corpo. Giovanni lo lasciava fare.

D'un tratto gli disse due cose.

La prima fu: «La poppata a che ora è? Il ciuccio me lo dai tu o lo porta la balia?».

La seconda, mentre l'infermiere armeggiava in zone pericolose, la ponderò con cura ma non resistette alla tentazione e la sparò in dialetto romanesco: «A Cesare, nun te innamorà, nun c'è gnente da fa'!».

L'altro, più Alberto Sordi di lui, gli rispose: «Embè? Tanto nun sei er tipo mio. A me me piacciono atletici».

Giovanni rise, per la prima volta. E cercò di figurarsi quella risata sul volto di un cinquantatreenne. Si era scordato di controllarsi i denti, di verificare che fossero bianchi come li aveva prima del pisolino.

C'era un'altra cosa che non aveva ancora esaminato. Lo fece con Cesare. Gli chiese a bassa voce: «Senti, ora che siamo tra uomini, posso farti una domanda che certo non va bene per la dottoressa e men che meno per la suora? Dimmi un po': secondo te, oltre alle gambe e alle braccia, riuscirò a recuperare l'uso anche di quello lì?». E col mento indicò in basso, verso il punto in cui l'infermiere aveva appena gettato una nuvola di borotalco.

Cesare replicò di getto: «Me lo domanda sempre pure mia moglie... Comunque penso de sì. Ce vorrà tempo. Ma nun chiede a me de fatte la riabilitazione lì...». Si girò per andarsene mettendo in mostra il tatuaggio sul braccio. Giovanni lo fermò: «Ma che vuol dire "Totti"?».

L'infermiere rimase impietrito ma poi rispose deciso: «Ah, er capitano? Te spiegherà tutto la dottoressa. Mo' riposate che domani te porto a balla'».

"Il capitano? Capitano di che? C'è stata una guerra?" si chiese preoccupato Giovanni, mentre Cesare usciva.

No, una guerra non c'era stata, o meglio ce n'erano state tante, ma non era giusto che il ritorno di Giovanni alla vita cominciasse da lì.

Dovevano iniziare dalla domanda rimasta in sospeso, quella sui suoi cari.

Era la parte più difficile, per Daniela. Aveva passato una notte insonne, pensando a quello che, con Giulia, avevano concordato di dire a Giovanni.

In quei giorni Enrico, suo figlio, era al campo scuola. Lei era sola in casa e la sera, all'ora di cena, quando la afferrava la malinconia e la solitudine le sembrava più insopportabile, lui, puntuale, le telefonava. Era sempre compìto e la rassicurava, tenendola a lungo all'apparecchio, sul fatto che tutto andava bene, che si divertiva, che presto sarebbe tornato. Daniela non sapeva se credergli davvero. Enrico, il suo bambino, si comportava sempre in modo perfetto, e sembrava non conoscere problemi. Era bravo, giudizioso, leggeva molto, andava benissimo a scuola, praticava sport con diligenza ma senza entusiasmo, quasi fosse costretto, non dalla madre, ma da se stesso a competere con altri. Costretto, a malavoglia. Aveva degli amici, non era certo l'asociale che Daniela aveva temuto potesse diventare dopo che il padre, un tennista giramondo e sfaccendato, con un secco sms l'aveva lasciata per una procace ventenne.

Invece Enrico aveva scelto di farsi adulto prima del tempo. Si sentiva chiamato ad assolvere a un ruolo importante, rimasto scoperto. In casa era lui a dare sicurezza alla madre, a infonderle fiducia, a riempire in ogni momento le stanze di parole, di commenti su ciò che accadeva nel mondo, di proposte per organizzare cene e viaggi. Era lui a suggerire film o serie televisive da vedere, mostre da visitare, concerti da ascoltare.

In queste circostanze era sempre a fianco alla madre, inappuntabile. Quando la sera si accorgeva che Daniela era triste o pensierosa, le rivolgeva una domanda, una sola: «Tutto bene, mamma?».

Lei accampava scuse, la stanchezza per il lavoro o qualche preoccupazione economica. Ma Enrico non se la beveva e allora, con delicatezza, cominciava a frugare nella malinconia della madre. E le poneva altre domande, mai invasive, sempre misurate e aperte. Non la stringeva mai in un angolo e le lasciava sempre una via d'uscita. Era dolce e fermo.

E così Daniela si trovava spiazzata nella parte di chi deve parlare e non di chi deve ascoltare, di chi deve raccontare di sé e non di chi deve dare un senso alle cose e alle vite degli altri. Era lei sul lettino dell'analista, in quei momenti, e il figlio indagava, come una sonda, nel suo cervello e nel suo cuore, in modo leggero, da ragazzo sensibile. Ma lo faceva e questo, in fondo, le trasmetteva sicurezza e conforto.

Quella notte a casa di Daniela la luce non si spense. Ma il mattino dopo, quando entrò nella stanza di Giovanni, era come se la dottoressa avesse dormito il migliore dei sonni. Era pronta per quella che si era convinta sarebbe stata la più difficile delle sedute.

Giovanni la aspettava, anche lui aveva riposato poco, nonostante la fatica della riabilitazione. Pensava a suo padre, a sua madre. Gli era venuto in mente un libro che da ragazzo aveva divorato, chissà se era ancora in circolazione. Si intitolava *Lettere di condannati a morte della Resistenza italiana*. Erano i testi, strazianti, dei combattenti della guerra di Liberazione, esseri umani coscienti che il loro destino era segnato. Che il mattino dopo sarebbero stati fucilati. Negli ultimi istanti di vita scrivevano una lettera ai genitori, alla morosa, ai compagni di lotta.

Anche lui stava per ricevere una di quelle missive: una donna che a malapena conosceva gli avrebbe rivelato il destino che il tempo aveva riservato a tutti i suoi amori. Se la vita avesse fucilato i suoi genitori, senza che potessero neanche salutare per l'ultima volta il loro unico figlio, che dormiva. Dormiva, senza volerlo fare.

Quella dottoressa che stava entrando, con un sorriso d'ordinanza stampato sul viso, gli avrebbe affondato uno stiletto nel cuore. E lui non vedeva l'ora che accadesse per mettere fine al tormento di un'attesa, di un'incertezza che gli stava sminuzzando l'anima.

Gli avrebbe anche detto, di lì a poco, se la donna con cui aveva sognato di fabbricare anni insieme era ancora viva, se era malata, se lo aveva lasciato o si era sposata.

Daniela, quella signora piacente ma un po' malinconica, aveva nelle sue mani la storia di quello che era accaduto per più di trent'anni, attorno alla sua vita.

Era come Cloto, Lachesi e Atropo, le tre Moire, le figure mitologiche che definivano il filo del destino di ogni essere umano. La prima filava la vita, la seconda fissava la sorte determinando la lunghezza del filo, la terza decideva il momento in cui questo veniva reciso e tutto finiva, nell'ineluttabilità della morte.

Le Moire che, come punizione estrema, mandavano alla bellissima ninfa Calipso degli uomini splendidi, di cui lei, ogni volta, si innamorava perdutamente. Uomini il cui impulso, stabilito dalle stesse Moire, era sempre quello di partire, di cercare altro. Calipso era stupenda e il luogo dove lei viveva, la mitica Ogigia, lo era quanto lei.

Ma chi incontrava la ninfa, la seduceva, la amava, poi sentiva l'incontenibile desiderio di andare, perché le Moire, o il fato, lo chiamavano altrove. Calipso ne soffriva ogni volta, come per la partenza di Ulisse.

Ma dov'è nella realtà Ogigia, il posto in cui, dice Omero, "anche un nume immortale doveva incantarsi guardando, e godere nel cuore?". Si trova in Marocco, sulla riva africana dello stretto di Gibilterra, oppure a Gozo, vicino Malta? La verità è che quel luogo mitico forse non esiste. È figlio della fantasia, come tanti altri.

Il significato del nome Calipso è "colei che nasconde". Il destino della seducente ninfa è amare ed essere lasciata.

Proprio quello che doveva essere successo a Daniela, pensò Giovanni tornando alla realtà. E forse era la causa della perenne malinconia nei suoi occhi. Che ora fissavano, con un velo di dolcezza, quelli di un condannato alla verità che aspettava da lei, quarta Moira, la sentenza.

Nella stanza adesso c'era anche Giulia.

«Giovanni, voglio dirti le cose come stanno. Sarà dura, per te. So che sei preparato, e che non hai pensato ad altro da quando ti sei ripreso. Come puoi immaginare, ci pesa molto. Ciò che sto per svelarti me l'ha raccontato Giulia, che ho voluto fosse con noi, ora.

I tuoi avevano circa quarantacinque anni quando tu hai avuto l'incidente. Sono venuti a trovarti tutti i giorni, nessuno escluso. Hanno festeggiato con te ogni tuo compleanno, portavano anche la torta e cantavano *Tanti auguri*. Non hanno mancato un Natale né un Capodanno. Sono stati sempre con te.»

Daniela si interruppe, quella pausa era un invito a Giulia perché fosse lei a proseguire il racconto di ciò che aveva visto e vissuto.

«Negli ultimi anni, il 31 dicembre, li vedevo andare via di sera, quando l'ospedale era già buio, ogni volta più stanchi e malandati. Si sorreggevano a vicenda, camminando lenti per i corridoi deserti.

Poi un giorno di sei anni fa, tua madre, Maria, è arrivata da sola. Tuo padre è morto una mattina, di ictus. Una cosa improvvisa.

Ma tua madre quella sera è venuta lo stesso da te, ti ha abbracciato, ti ha tenuto la mano e per tutta la notte ti ha parlato di Ettore, ti ha raccontato come si erano incontrati, la loro storia d'amore, la tua nascita, il primo lavoro che papà aveva trovato, quando ti venivano a prendere a scuola o facevate i picnic con la

Taunus, la prima volta che siete andati al cinema, a vedere *Nell'anno del Signore*. Quella sera vi ho lasciati da soli. Al mattino l'ho trovata che dormiva con la testa accanto alla tua mano distesa sulla coperta.

Era il 2011, quando tuo padre è morto. Aveva settantadue anni.»

Giovanni non lasciò fare rumore alle lacrime e chiese solo, con un filo di voce: «E mamma? C'è ancora?».

Fu Daniela a riprendere la parola, anche per le due donne l'emozione era fortissima: «È viva, ha settantotto anni, ma non sta bene. Voglio essere sincera e non raccontarti bugie. Il tuo rientro nel mondo non può essere accompagnato da dubbi su quello che ti diciamo. Maria è viva, ma non può venire da te. Da quattro anni non ti ha più fatto visita in ospedale. Si trova ad Anzio, in una casa come questa, per le persone che hanno perso la memoria. Non riconosce nessuno, non parla, è immersa in un buio simile al tuo. Ma da sveglia».

Giulia continuò: «Mi accorsi che le cose non andavano bene una sera, era la metà di gennaio del 2013. Da quando era morto tuo padre veniva a trovarti di giorno e si fermava con te. Prima diceva che doveva farti dormire sereno, come quando eri bambino e per quello, con tuo papà, arrivavano di sera. Da un po' si presentava dopo pranzo e stava a guardarti, senza parlare.

Quel giorno, per la prima volta non venne. Mi preoccupai e le telefonai a casa. Ormai eravamo diventate amiche, io le preparavo la merenda con il tè e i biscotti, quando iniziavo il turno. Ma quel pomeriggio non rispose.

Poi arrivò al vecchio orario, di sera. Le andai incontro nel corridoio, lei mi guardò con aria smarrita e mi disse: "Scusi, signorina, dov'è la stanza di mio figlio? Sa, ha avuto un incidente, nulla di grave. Ora lo riporto a casa, dal suo papà".

La facemmo visitare e fu ricoverata. Disposero di affidarla all'istituto di cui ti ha parlato la dottoressa. Ogni tanto vado a trovarla, mi sorride, ma come sorriderebbe a un estraneo. Passa le giornate su un divanetto davanti al mare. È sempre bella, molto bella».

«Quando te la sentirai, se te la sentirai, andremo a trovarla. Penso possa fare bene a tutti e due» concluse Daniela.

«E anche a noi» sussurrò triste Giulia.

Tredici

«Vi prego, adesso lasciatemi un po' da solo. Credo possiate capirmi. Un bambino che nasce trova il corpo caldo della madre, trova l'abbraccio e il sorriso smarrito del padre. Io torno alla vita, come voi dite gentilmente, e scopro soltanto assenze, silenzi, vuoti. Sono solo. E se non mi avete parlato di Flavia, se lei non è qui, significa che non mi vuole più o che le è successo qualcosa.

Però non ditemelo ora. Ora voglio ricordare tutti i momenti che ho vissuto con i miei genitori. Voglio pensarci per conto mio, se non vi dispiace. Vorrei tornare, almeno con la mente, tra le persone che mi hanno amato e con le quali ho condiviso la vita reale, giorni fatti di mattine, di pomeriggi, di sere. E non dell'indistinto scorrere delle ore che è diventata la mia esistenza. Ieri, quando non ero cosciente. E oggi, che sono inchiodato a questo letto e posso solo decifrare il passare del tempo dalla parabola della luce che vedo attraverso quella finestra.

Ora resto con i miei fantasmi. Io e loro. Così è, e credo sarà, il mio futuro. O quello che ne resta. Devo parlare con loro, abbiamo molte cose da raccontarci.

Avete qualche foto? Posso vedere come sono diventati? È strano, rammento tutto: i loro visi e le loro voci. Mi piacerebbe ritrovare i loro discorsi per ragionarci ancora. Sarebbe stato bello se quello che state facendo voi per me, con tanta dolcezza, avessero potuto farlo loro. Aiutarmi a rinascere, sì, ma nel lessico di una famiglia che, come ti ha insegnato a vivere, può insegnarti a rivivere. Con gli stessi valori e le stesse regole. Con le stesse parole, forse. Quelle che invece rischio di inventare a mio piacimento, come succede con la memoria perduta che si vorrebbe recuperare.»

Daniela gli strinse la mano. «Devi elaborare la tua nuova situazione. E ritrovare le radici e la voglia di vivere. È importante che ti rimetta in forze per poter uscire. Ma lo faremo con gradualità. Anche perché, fuori di qui, tante persone vogliono intervistarti, spingerti a scrivere libri. Il nostro dovere è proteggerti da quelle belve fameliche...»

«Sono diventato famoso? Il primo essere umano che ottiene la notorietà per aver dormito a lungo. Se gli fa piacere, posso andare in televisione col pigiama, per rendere più vivido il racconto. Cosa dovrei dirgli? Ho solo dormito.»

«C'è un altro aspetto del tuo ritorno alla vita che dovremo affrontare, ma senza fretta. Dovrai capire com'è cambiato il mondo, ciò che è accaduto, il diverso modo di vivere rispetto al 1984. Da allora tante cose sono mutate. Perciò abbiamo diviso la tua "ricostruzione" in due fasi. La prima, questa, deve darti la consapevolezza di come si sono trasformati i tuoi rapporti affettivi, i tuoi legami. Di pari passo corre la riabilitazione fisica. Intanto ti forniremo delle nozioni su com'è il tuo tempo, perché tu possa affrontare una vita sociale. Quando sarai pronto per uscire, inizierà la seconda.

Le tecnologie che sono entrate nel nostro quotidiano non possiamo spiegartele dal punto di vista teorico. Perciò te le faremo incontrare e sperimentare direttamente, tornando a passeggiare, ad andare a pranzo fuori, al parco, al cinema, allo stadio. A vivere normalmente, insomma.»

«D'accordo, Daniela, mi sta bene tutto, anche perché non potrei dire la mia su niente, però ho cambiato idea: non voglio più aspettare. Voglio sapere subito di Flavia. La ricordo di fianco a me, durante i funerali di Berlinguer. Era la mia ragazza. Ora dov'è?»

Daniela consultò gli occhi di Giulia e acconsentì: «Va bene, te lo dirò. I primi anni Flavia è venuta a trovarti ogni giorno. Poi le sue visite si sono diradate fino a concludersi. È inevitabile, Giovanni. Consacrare la propria esistenza a un'altra persona, per quanto amata, immersa in un sonno che potrebbe essere infinito, è una scelta molto radicale e, credimi, davvero rara. Lo fanno i genitori, più facilmente. E neanche tutti.

Ma per una ventenne decidere di rinunciare alla pienezza della propria vita è proprio complicato. E forse non è neanche giusto».

«È vero, non sarebbe stato giusto. È vero...» sussurrò Giovanni. «Ma lei come sta? Si è sposata? Ha avuto figli? Abita a Roma?»

«Vive in Toscana con il marito e due figli. Una terza, più grande, lavora a Roma.»

«Avete una foto di Flavia? Voglio vedere com'è diventata. Le avete detto che mi sono svegliato? Verrà a trovarmi?»

«Sono stati avvertiti tutti, Giovanni» rispose Giulia.

«Tutti chi? C'è rimasta solo Flavia...»

Daniela rivolse un'occhiataccia alla suora. «Giulia intendeva i tuoi amici, le persone che sono venute a visitarti in questi anni.»

«Dite la verità, sono venute anche in questi *ultimi* anni?»

Scossero la testa all'unisono ed erano persino comiche, nel farlo.

Dunque tutti si erano dimenticati di lui. Suo padre era morto e sua madre Maria, schiantata dal doppio dolore, aveva perduto se stessa e ora sedeva, muta, in una veranda davanti al mare. Flavia, la donna della sua vita, della sua corta vita, lo aveva abbandonato per andare lontano con un uomo col quale aveva fatto tante volte l'amore. Lo stesso amore che la notte prima dell'incidente, silenziosi nella camera di Giovanni, li aveva uniti, mentre i genitori dormivano. Per gli amici, per i compagni, lui non esisteva più, forse non era mai esistito.

Il dramma è che sapeva di non poter inveire contro nessuno. In fondo era giusto, era naturale che fosse andata così. Per gli altri. Per lui, no. Non c'era nulla di naturale e di accettabile in questa storia. Lui non aveva fatto niente di male. Era stato vittima di un incidente. Vittima. E questo incidente lo aveva distrutto. Avrebbe avuto ragione di essere in feroce collera col mondo.

Invece avvertiva una strana sensazione, che faticava a razionalizzare. Daniela forse lo avrebbe aiutato, in futuro. Se solo lui avesse trovato le parole adatte per descrivere quello che sentiva: dolore, lacerante, per le persone che nella sua vita non c'erano più. Gli mancavano, lo logorava il senso di colpa per non esserci stato, quando suo padre era morto. Se fosse stato sveglio, in piedi, come tutti gli altri figli del mondo, Ettore non avrebbe sofferto, non avrebbe avuto l'ictus, sua madre oggi sarebbe a casa, per trascorrere con lui i giorni che restavano e non giacerebbe senza parole, sola, in un posto di estranei. Flavia sarebbe rimasta a Roma, insieme avrebbero creato vite che non ci sono state. I loro figli sarebbero diventati medici, scienziati, artisti o leader politici e forse il destino del pianeta sarebbe stato un altro.

Insomma i compagni di quel paesino vicino Napoli, facendo sbadatamente cadere quel robusto striscione, avevano mutato il destino dell'umanità e neanche lo sapevano.

Tutto questo gli scatenava una fitta lancinante e allora fingeva di dormire, per cominciare a piangere. Come da bambino, senza farsi sentire.

Ma dall'altra parte, quasi inconfessabile, cresceva in lui una gran voglia di scoprire. Man mano che i giorni passavano e le sue condizioni fisiche, grazie alla riabilitazione del silenzioso Renato, miglioravano, a Giovanni veniva un incontenibile desiderio di vedere il mondo. Di sapere tutto, tutto di tutte le cose.

Si sorprendeva a prevedere come fossero diventati il suo vecchio quartiere, la sua scuola, la sezione, la città. Provava a disegnare – gli faceva bene, aveva detto Daniela – quello che la sua mente immaginava prefigurandosi ciò che realmente c'era solo al di là di quella portafinestra. Su grandi fogli vergava strade con persone che si muovevano volando, case con robot, macchine con ali.

Per la sua fantasia di ragazzo degli anni Ottanta il Duemila, figurarsi il 2017, non poteva che essere così. Mostrava i disegni a tutti, chiedendo conferme che, però, le regole del protocollo di riabilitazione mentale impedivano di fornirgli.

Passarono i giorni. Renato e Cesare lo fecero sedere, lo aiutarono ad appoggiare le gambe a terra, e lo costrinsero a faticare da morire, ogni pomeriggio.

Quando fu pronto, lo misero dritto, in piedi. Era una bella mattina di sole, l'estate stava avanzando. Cesare e Renato, che lo tenevano sotto le ascelle, si scambiarono a un certo punto un cenno d'intesa con gli occhi e si allontanarono di un metro da lui. Giovanni restò eretto, da solo, un po' barcollando. Scattò un allegro applauso della sua comunità, riunita per la grande occasione.

Giulia, Daniela e i due uomini erano emozionati, come di fronte ai primi passi di un bambino. Giovanni era lì, stordito e imbarazzato, addosso un sorriso timido che non stonava con i suoi lineamenti, rimasti gentili, e con i capelli brizzolati, ben curati, alternativamente, da Giulia e da Cesare. Cercò con imprudenza di muovere anche un passo, ma le ginocchia si piegarono e cadde seduto sul letto. Ci sarebbe voluto qualche ulteriore massaggio, qualche ulteriore sforzo muscolare prima di poter arrivare a tanto.

Perché per lui era tanto, poter camminare.

E quel tanto avvenne un giorno al tramonto. Giovanni se la sentiva e chiese ai due suoi dioscuri di stargli vicino, mentre provava. Cesare e Renato convennero che fosse arrivato il momento e tirarono via il lenzuolo.

Scese il silenzio, erano solo tre uomini, una cosa da

cuori forti. Giovanni appoggiò le mani sul letto, fece leva sulle braccia e si tirò su, non senza un'immensa fatica. Ma quella stazione della sua via crucis l'aveva già passata, la conosceva.

Era in piedi, e ora doveva cercare di muoversi. Non camminava dal giugno del 1984. Era sveglio, e si reggeva sulle sue gambe. Una rivoluzione, per lui. Adesso il suo obiettivo era arrivare almeno al tavolo di fronte al letto. Cesare e Renato trattennero il fiato. Anche Giovanni, per raccogliere tutte le energie. Ma sapeva che ci sarebbe riuscito.

E ci riuscì. Fu un trionfo, come la vittoria ai campionati allievi sui 400, quando lo premiarono con la coppa che da qualche parte doveva stare. Si appoggiò al piano del tavolo, usò ogni risorsa e ripartì verso la meta che si era scelto in tutto il tempo passato a letto: la porta a vetri.

L'infermiere e il fisioterapista lo seguivano con le mani protese. «A Giova', nun casca' che qui ce cacciano, fallo per noi.»

Lui, sempre barcollando, compì i sei passi che gli servivano, li aveva contati quando era sdraiato, per arrivare alla maniglia del finestrone.

«Che stai a fa'? Fermete» lo implorò Cesare. Lui invece abbassò la maniglia, ormai sicuro, aprì e percorse i due metri più importanti della sua esistenza.

Eccolo, il mondo.

Gli arrivò sul viso l'aria fresca della sera che avanzava, guardò il cielo diventato rosa, apprezzò il silenzio nel grande giardino che si distendeva, deserto, sotto il terrazzo.

E si sentì padrone della terra e della vita.

Era risorto, Giovanni.

Quattordici

Giovanni aveva un'aria furba e una strana espressione dipinta sul viso quando, il giorno dopo, Daniela e Giulia entrarono nella sua stanza. Sembrava impaziente. Disse alle due donne di girarsi verso la porta e contare fino a cinquanta, senza mai guardarlo. Loro accettarono divertite e restarono fedeli all'impegno.

Quando finalmente poterono voltarsi, il letto era vuoto.. Lui non c'era. Spinsero lo sguardo fino alla portafinestra, oltre la quale, appoggiato alla ringhiera, c'era Giovanni, sornione, che le scrutava.

Le due donne esplosero in una sonora risata. Daniela si piegò su se stessa, Giulia non poteva, ma aveva un sorriso che sembrava una canoa. Con passi veloci lo raggiunsero al balcone che affacciava sul giardino e Daniela lo baciò sulle guance, continuando a ridere. Lui guardò Giulia e le disse: «Si può baciare una suora? È permesso? Alla peggio Daniela ci confessa, tutti e due».

Giulia abbassò lo sguardo, non apprezzava le battute sui suoi sentimenti e sull'osservanza dei limiti ai quali era, per sua scelta, chiamata. Però porse la guancia. Giovanni spostò un po' la cornetta, tirandola indietro. Un gesto che all'apparenza preludeva a un bacio il più lontano possibile dalla bocca ma, in realtà, alludeva a un'intimità che non sarebbe dovuta esistere. Giulia percepì quelle dita lievi sul viso, questo non le piacque, la turbò. Lo stesso turbamento di quando le dita di Giovanni avevano volteggiato sul palmo della sua mano. Il bacio fu leggero, ma la suora ebbe la sensazione che lui volesse trasmetterle il calore delle labbra sulla pelle.

Si abbracciarono poi, i tre insieme, come compagni di classe che hanno appena visto i "quadri" degli esami di maturità, quando ti sembra che, in quel momento, cominci una vita nuova.

Giulia portò le sedie sul balcone e così tutto aveva una parvenza di normalità, come un bell'albergo nel verde dove consumare la prima colazione. Giovanni aveva indossato un'elegante vestaglia, davvero un modello vintage anni Ottanta, e guardava le due donne davanti a lui, sorseggiando un caffè che Cesare aveva preparato per festeggiare l'avvenimento.

Pensò a quanto fossero diverse. Coetanee, o giù di lì, una madre e l'altra suora, una bionda, forse da sapiente tintura, e l'altra con i capelli camuffati come un peccato. L'unica volta che Giovanni l'aveva vista senza la cuffia aveva pensato che era mora come, Dio lo perdoni di nuovo, piaceva a lui. Una era asciutta e, nonostante le labbra carnose, che poteva finalmente apprezzare senza sentirsi blasfemo, priva di sensualità; l'altra tutta coperta, introversa, nascosta brillava di un fascino, di un'intensità dolente e forse repressa che stregava infinitamente Giovanni.

Oscillava tra due sentimenti nei confronti di quella suora. Le voleva bene, le era grato, le riconosceva di averlo accudito mossa da qualcosa di grande, che lui non arrivava a comprendere: qualcosa di interiore e, dunque, superiore. In fondo era la scelta di Dio che aveva regalato a Giulia la forza di stare vicina a uno sconosciuto per tutti quegli anni.

Al tempo stesso Giovanni era attratto dalla complessità che scorgeva in lei, da un travaglio, un dubbio che gli sembrava la tenessero ancora in una specie di limbo, tra suora e donna.

Gli tornò alla mente un suo insegnante di matematica del liceo, il professor Carotenuto, un vecchio napoletano con un basco sulla testa, eroe, si autocertificava, delle "Quattro giornate". Quando, con scarsi risultati, voleva apparire simpatico, appoggiava il mozzicone di sigaretta sul bordo del tavolo, in modo che la cenere cadesse a terra, e pronunciava sempre la stessa battuta, ripetuta inesorabilmente a tutti gli alunni di tutte le classi e di tutti i corsi: «Le donne più prelibate sono quelle in divisa: hostess e suore...».

E giù, nell'imbarazzato silenzio generale, una risata cavernosa e carica della nicotina assunta negli anni in cui, a Napoli, era stato partecipe delle ricerche del professor Renato Caccioppoli.

Gran tipo, quello. Ettore ne aveva parlato a Giovanni, del compagno Caccioppoli.

Gli aveva raccontato, per descrivere il suo coraggio e la sua follia, che nel 1938 lui e la moglie erano entrati in una birreria di Napoli, affollata di camicie nere che intonavano *Giovinezza* e altri canti del regime. Caccioppoli, indignato, era andato dal suonatore di harmonium, che peraltro si chiamava Starace come il gerarca, e lo aveva costretto a eseguire *La Marsigliese*. Era scoppiato il finimondo. Il professore era stato arrestato e sottoposto, per anni, a sorveglianza speciale.

Il padre di Giovanni gli raccontava queste storie per addormentarlo, quando era bambino. Invece di Cappuccetto Rosso o Biancaneve lo appassionava con vicende tratte dall'epopea della Resistenza. Giovanni, con addosso il pigiama, ne faceva esplicita richiesta, attingendo al repertorio che Ettore gli aveva narrato più volte, sempre con la stessa passione.

Pensando al professor Carotenuto, Giovanni si chiese se non fosse proprio il fascino della divisa a suscitare in lui un'attenzione particolare verso Giulia. Sapeva di volerle bene. Non aveva deciso, e forse neanche lei, se prevaleva la suora o la donna, in quest'affetto.

Lo avrebbe scoperto, prima o poi.

«Ci siamo quasi, no? Quando usciamo?» domandò Giovanni dopo aver consumato il caffè. «Voglio vederlo, il mondo. Ora sto bene, me la sento...»

Daniela lo interruppe in tono severo: «Ci siamo quasi, ancora qualche giorno. Poi andremo insieme a conoscerlo. Prima, però, devi ristabilirti pienamente».

«Sì, ma sbrighiamoci. Volevo chiederti: ma io dove dormirò? Casa mia c'è ancora? Posso andar lì? Era al Villaggio Olimpico, dove ospitavano gli atleti delle Olimpiadi del 1960.»

«Questo è uno dei problemi, Giovanni. Quell'appartamento era in affitto. Da quando Maria è andata a vivere nella casa di riposo, la pensione di tuo padre serve per mantenerla. Nel primo periodo hai due scelte: puoi tornare a dormire qui oppure trasferirti in un piccolo bilocale che possiedo sullo stesso pianerottolo del mio. Mio figlio potrebbe farti compagnia. E tu a lui. È un bambino intelligente e saggio, ti piacerebbe. Ma scegli tu, per me vanno bene entrambe le soluzioni.»

«Non ho dubbi, vengo da te. Mi sento più al sicuro e sarà come ritrovare una forma di normalità.»

«È per questo che, consultàti vari colleghi, te l'ho proposto. Abitare vicino a me e a mio figlio ti può rendere più sicuro. Smetterai di considerarti un malato da ospedale, un ospite del mondo, uno che vive il proprio tempo a intermittenza, come un carcerato in permesso per buona condotta.

C'è ancora una cosa che devi sapere, adesso che le tue condizioni sono così migliorate. Sto parlando di quella sfera di affetti che avevamo stabilito di affrontare prima del tuo rientro in società.»

Giovanni sospirò e fissò lo sguardo su un picchio che stava martoriando un albero. Un picchio può infliggere in tre secondi quarantaquattro colpi, tutti uguali.

Quel gesto naturale e quel rumore monotono lo rassicuravano: il loro ripetersi, in un momento che si annunciava per lui imprevedibile come le onde del mare, gli ispirava una paradossale tranquillità, nel predisporsi ad ascoltare la novella, temeva non buona, che Daniela stava per svelargli.

La dottoressa si prese un momento per trovare le parole giuste. «Ricordi quando abbiamo parlato di Flavia? Ti ho detto che è sposata, vive in Toscana e ha tre figli, di cui due stanno da lei e la più grande, invece, abita a Roma.»

«Ricordo perfettamente. Non è così, non è vero?»

«È tutto vero. La grande ha trentatré anni. È nata il giorno di Natale del 1984.»

Si fermò. Non sapeva come andare avanti. Ma doveva farlo. Nella sua testa furono velocemente esaminate e scartate mille frasi possibili alla ricerca del Vello d'oro, del Gronchi rosa, di Atlantide. Ci doveva essere una sequenza di parole, una, una sola, che fosse giusta per quel momento.

Giovanni fissava il picchio come ipnotizzato. Il rumore si faceva assordante nel suo cervello. Non girò la testa, non cercò sguardi. Gli interessava il picchio. Disse solamente: «Come si chiama?».

«Chi?» domandò timorosa Daniela.

«Mia figlia. Come si chiama mia figlia?»

La dottoressa rispose rassegnata, come se fosse stato scoperto un suo segreto: «Si chiama Francesca. Sì, è tua figlia.» Non fu per accrescere il pathos che decise un'altra pausa.

Fu per emozione, e imbarazzo. «Ma non sa di esserlo» sussurrò.

Quindici

Il picchio smise di torturare l'albero. Non si sentiva un rumore. Soprattutto nel cervello di Giovanni.

Fino ad allora si era abituato a prevedere perdite, vuoti. Di colpo emergeva, come un iceberg, non segnalato sulle mappe, un pieno. Il più grande, il più bel pieno che si possa immaginare. Ma quell'iceberg, maestoso e affascinante, si muoveva. Più Giovanni si sforzava di dargli forma, più faticava a fissarlo nella mente. Si muoveva, lento e inesorabile, e lui – come se lo inquadrasse in un teleobiettivo – perdeva il fuoco, non riusciva a distinguerne i contorni.

«Ditemi di più, ditemi tutto» implorò, ancora senza guardare Daniela e suor Giulia. Si vergognava, gli sembrava di aver abbandonato una figlia come un padre egoista e irresponsabile. Si sentiva in colpa. C'era, al mondo, un essere umano nato anche da lui, del quale non si era mai occupato.

Non l'aveva presa in braccio, non le aveva dato il biberon, non si era angosciato per le sue malattie, non l'aveva accompagnata a scuola, non aveva fatto i compiti con lei, non l'aveva portata al parco, alle giostre, al cinema, in vacanza, non le aveva comprato nessun vestito, nessun giocattolo. Non era con lei il giorno in cui le erano venute le prime mestruazioni né quando aveva scoperto di essere innamorata, non c'era stato il giorno della maturità e, ignorava persino se ci fosse stato davvero, in quello della laurea.

Forse aveva addirittura avuto un figlio, la sua Francesca, e lui era diventato nonno. Il nonno addormentato.

Si sentiva in colpa. Poteva essere assurdo, ma era proprio così.

Fu Giulia a raccontare, autorizzata silenziosamente da Daniela, quello che Giovanni voleva sapere. «All'inizio Flavia veniva ogni mattina e stava con te a lungo. Quand'eri in rianimazione, ci sei rimasto per alcune settimane, si fermava in piedi dall'altra parte della vetrata e ti guardava, come si fa al nido, per un bimbo appena nato. Poi le consentirono di entrare e, un giorno, suor Carmela si accorse che era incinta. Glielo chiese e lei annuì, imbarazzata.

Il resto me l'ha raccontato direttamente quando l'ho conosciuta poco dopo aver preso servizio, nel 1994. Continuò a farti visita per un po', e parlammo. Mi disse che aveva scoperto di aspettare Francesca esattamente due giorni prima dei funerali. Tu eri davvero disperato per la morte di Berlinguer e decise che non era quello il momento giusto per darti la buona notizia. In fondo poteva attendere qualche ora, tanto non sarebbe cambiato nulla. Si era ripromessa di farlo nel weekend che dovevate passare al mare, credo.»

«È vero! Saremmo andati a Fregene con dei compagni.» Giovanni s'interruppe a disagio e con un mezzo sorriso aggiunse: «Scusa, suora, volevo dire con alcuni militanti del partito».

Anche Giulia sorrise: «Non preoccuparti, pure mio padre era un compagno... Sezione del Pci Fosco Fusaglia di Spello».

Daniela la guardò sorpresa.

«Davvero? Incredibile!» esclamò Giovanni. «Lo sentivo che c'era qualcosa di anomalo... intendo dire di speciale in te...»

Giulia ignorò il commento e riprese il racconto:

«Quando successe l'incidente, Flavia si spaventò moltissimo e fu ricoverata. Temevano potesse perdere il bambino. Così i tuoi seppero della gravidanza e, quando venivano a trovarti, andavano anche da lei. Flavia si ristabilì e a Natale diede alla luce Francesca.

Il tuo coma allora era giudicato irreversibile. E i primi anni di vita della bambina passarono mentre tu eri addormentato. Un giorno i medici dissero a Flavia che c'erano solo due alternative: che tu restassi così per sempre o che morissi.

Lei era disperata, non sapeva come comportarsi con la bambina, cosa dirle del papà. Francesca aveva quattro anni, e fin lì Flavia se l'era cavata raccontandole che il papà era partito per un lungo viaggio.

Nel frattempo aveva cominciato a frequentare Tommaso, un bravo ragazzo con cui si fidanzò. Andarono a vivere insieme, si sposarono e lui diventò, a tutti gli effetti, il padre di Francesca. Un loro amico, funzionario dell'anagrafe, li aiutò a correggere l'atto di nascita. La riga con il nome del genitore era rimasta in bianco e fu facile aggiungere quello di Tommaso.

Flavia parlò con i tuoi. Francesca, disse, non poteva crescere con un padre in coma irreversibile, né vivo né morto. Ettore e Maria ne discussero a lungo e alla fine accettarono con un gran dolore dentro: per il bene della bambina era giusto così. Loro però avrebbero voluto stare ogni tanto con Francesca, essere presentati come zii alla lontana di Flavia. Solo per vederla crescere, per essere tranquilli che tutto andasse bene e fosse felice.

Fu tua madre, da quello che mi raccontò Flavia, a spingere per questa soluzione. Ettore era più restio, voleva persino chiedere un parere, o un consiglio, al partito. Alla fine pensarono che anche tu saresti stato d'accordo, perché una vita che nasce è più importante di tutto il resto. Tu dormivi e nessun altro, oltre a loro e Flavia, doveva soffrire.

Francesca è cresciuta convinta che Tommaso sia suo padre. Ha dei fratelli che adora e una vita ordinaria. Fa l'archeologa. Non è fidanzata, non ha figli. Vive in un piccolo appartamento a San Saba.»

Daniela riprese la parola, toccava a lei concludere quel racconto. «Ora puoi decidere cosa fare. Hai il diritto di rivendicare la paternità di tua figlia. Puoi chiedere la prova del DNA e la conferma sarà immediata. Ma questo, come immagini, avrebbe conseguenze rilevanti sulla vita di Francesca. Ho il dovere di dirtelo. Tutto, per lei, psicologicamente prima ancora che giuridicamente, sarebbe rimesso in discussione. Lo stesso capiterebbe alla madre e ai fratelli. Oltre che a Tommaso. Sappi anche che qualche volta Flavia e il suo compagno sono tornati, insieme, a trovarti. Questo periodo, che oggi ti appare un lungo sonno, contiene, per ciascuno, migliaia di giorni e decine di anni. È naturale che, nell'immutabilità della tua situazione, alla fine i rapporti si siano rarefatti, fino a svanire. Negli ultimi tempi è stato così. Purtroppo, è comprensibile.»

«Certo, capisco...» sussurrò, in verità dispiaciuto, Giovanni.

«Flavia ha sentito dalle televisioni del tuo risveglio e ha chiamato Giulia perché vorrebbe incontrarti, spiegarti la situazione e concordare con te il da farsi. Deciderai tu se e quando.»

«Tu l'hai mai vista, mia figlia? È bella? Com'è?» domandò alla suora.

«No, di persona non l'ho mai incontrata, ma Flavia mi ha mostrato delle foto. È molto bella: ha i ricci, è mora, una chiostra di denti bianchissimi, è alta, fisico asciutto. Bella, davvero bella. Non carina, bella. È differente. Almeno credo...»

«Che devo fare secondo voi?» chiese Giovanni. Era confuso.

In poco tempo aveva perso suo padre, sua madre era divenuta una donna senza se stessa, la sua ragazza si era sposata e aveva due figli con un tipo chiamato Tommaso, e lui una figlia che però non era sua, per la storia e per la legge. Una figlia cui non avrebbe mai potuto parlare, che forse non avrebbe mai potuto vedere. Se le avesse detto "Sono io tuo padre", forse le avrebbe rovinato la vita. Forse. Doveva pensarci. Era solo al mondo. In fondo, Flavia e Francesca avevano con lui un legame profondo: con una aveva fatto una figlia, l'altra era il suo sangue.

Erano loro le uniche radici che aveva. Senza, sarebbe volato via, come un alberello sradicato dalla terra. Doveva pensarci.

Anche la semplice possibilità di scegliere qualcosa, d'indirizzare, con la propria volontà, l'esistenza sua e di altri in un determinato senso, gli appariva, nella condizione in cui si trovava, un privilegio. La prova che anche lui c'era, nel teatro della Storia e in quello della vita, e che anche lui, l'uomo addormentato e sparito, aveva un potere.

Gli tornava in mente una frase di un film degli anni Sessanta, *Straziami ma di baci saziami*. Il personaggio di Nino Manfredi, Marino, barbiere di Alatri è innamorato di una bella operaia di Sacrofante Marche, Marisa. Ma è anche divorato dal dubbio, instillato da alcune comari, che la fidanzata, durante una gita, sia stata leggera con tal Scortichini Guido. Lei scappa a Roma, offesa dal sospetto, lui la insegue, senza successo. La metropoli l'ha inghiottita. Disperato per l'abbandono, Marino tenta il suicidio gettandosi nel Tevere. Marisa apprende la notizia dai giornali, va in ospedale e gli confessa di aver sposato nel frattempo tal Ciceri Umberto. Il barbiere si ristabilisce e gioca al lotto, vincendo. Allora cerca Marisa e, di fronte al suo stupore, le dice sardonico: «La ruota gira. Come il conte di Montecristo, sono tornato, ricco e spietato».

Ecco, lui doveva decidere molte cose. In primo luogo se essere spietato. Se affrontare Flavia e quella specie di Scortichini Guido o di Ciceri Umberto che rispondeva al nome di Tommaso, e dir loro che si erano sbagliati, che gli avevano sottratto l'unica possibile ragione di vita, l'unico affetto, approfittando della sua incoscienza. Se avesse scelto di essere spietato, lo sarebbe stato davvero. E poteva esserlo tranquillamente, la ragione era senza dubbio dalla sua parte. Dipendeva da lui, solo da lui. "L'addormentato" aveva in mano il destino di diverse persone. Mica male, per uno che aveva imparato a camminare da pochi giorni.

Spietato. Già, ma ricco non era. Come avrebbe campato?

«Scusate. In tutto questo casino non vi ho chiesto come sopravvivrò. Non ho lavoro né casa. Ora che torno nel mondo, che farò?»

Fu ancora Giulia a rispondere: «Il Pci, dopo l'incidente, fece una donazione importante, di cui tuo padre fu molto fiero. Adesso hai un conto in banca che Ettore e Maria ti hanno intestato. Disponendo che, se tu non ti fossi mai svegliato, la cifra venisse trasferita a Francesca, come regalo postumo degli zii…».

"Perfetti, come sempre" pensò Giovanni.

Immaginò quanto dovesse essere stato difficile per i genitori concedere il loro assenso alla volontà di Flavia. Doveva, quella coppia di anziani, decidere, in sostanza, di accettare che fosse tolta la paternità al figlio, inchiodato senza coscienza in un letto d'ospedale. Dovevano scegliere seguendo i princìpi che appartenevano al loro modo di pensare e intendere la vita. Ma ora questi princìpi erano in drammatico conflitto tra loro.

Da una parte c'era il rispetto per Giovanni, il dolore straziante: come arrogarsi il diritto di decidere al posto suo, di togliergli un figlio, il bene più prezioso della vita? Dall'altra il futuro di una bambina, nelle cui vene scorreva il sangue di Giovanni. La immaginavano, inorriditi, andare di tanto in tanto a trovare un padre immerso in un sonno senza fine. Una bambina che sarebbe stata orfana, per sempre orfana, di un padre vivo. E poi c'erano Flavia e la sua serenità.

Quanti frammenti avranno dovuto comporre, quelle due persone smarrite e spossate dalla pena... Giovanni li immaginava mentre camminavano nei parcheggi dello stadio Flaminio dove i ragazzi andavano a bucarsi o a giocare a pallone, o a fare tutte e due le cose. Era la loro passeggiata preferita, verso sera. Giovanni li vide, mano nella mano, ponderare tutti gli argomenti.

Ettore aveva una specie di protocollo del ragionamento, figlio dell'abitudine a discutere nelle decine d'interminabili e meravigliose assemblee in cui, in sezione, si erano spaccati la testa, nel tempo. Grandi dibattiti, in quelle stanze fumose e stipate di donne e uomini che non si consideravano solo compagni, ma anche fratelli, nonostante litigassero a morte per le loro posizioni.

Usando le parole avevano sentito, non visto, passare la Storia e cercato di spiegarsela, insieme. Avevano compiuto enormi sbagli, di cui non si erano pentiti abbastanza. Ettore ne era consapevole.

Una sera del dicembre 1981 si erano riuniti tutti a casa loro per seguire in tv Berlinguer a *Tribuna politica*. Il segretario aveva parlato del modello sovietico: «Ciò che è avvenuto in Polonia ci induce a considerare che effettivamente la capacità propulsiva di rinnovamento delle società (o almeno di alcune delle società) che si sono create nell'Est europeo è venuta esaurendosi».

Si udirono due voci, in quella stanza. Quella del padre che, rivolto alla moglie, esclamava: «Maria, hai visto? Non le ha chiamate "società socialiste"!». E l'altra, di Flavia, che esultava: «Era ora!».

Ettore si era girato, un po' sorpreso, quasi infastidito. Come spesso capitava in quegli anni, si potevano avere le stesse idee, in fondo, ma il modo in cui le si esprimeva poteva costruire muri, passaggi a livello, spartiacque. Flavia non era tipo da tirarsi indietro: «Sì, Ettore, vi serviva tutto 'sto tempo per capire che quelli lì non sono compagni che sbagliano ma sono i nostri nemici?».

«Be', nemici. Adesso non esageriamo, se non ci fossero stati loro la guerra la vinceva Hitler...»

Flavia s'imbizzarrì: «Ettore, basta con questa storia... È così che avete accettato Stalin, l'invasione dell'Ungheria, i gulag, la Cecoslovacchia, Jan Palach, i partiti unici, i giornali unici, le idee uniche... Il socialismo è libertà o non è. E non è, non è stato. Lo diceva Dubček, e guarda che gli hanno fatto. Dovevate aspettare Berlinguer per dire che voi non avete nulla a che fare con quelli lì?».

La discussione divampò. Ettore opponeva il valore del *Memoriale di Yalta* di Togliatti o il comunicato della direzione del Pci con "il grave dissenso" sull'invasione di Praga. Ma Flavia, socialista libertaria per formazione, non mollava: «Nel 1956, durante i fatti d'Ungheria, siete stati con i carrarmati russi e non con i patrioti, le chiacchiere stanno a zero. Quante manifestazioni avete organizzato per la Cecoslovacchia? Zero. Io non c'ero ancora. Ma se ci fossi stata, sarei scesa in piazza con le bandiere rosse, contro i sovietici. Per la libertà che, per me, è la prima condizione del socialismo. Voi non l'avete fatto».

Andarono avanti fino a notte fonda. Prima di dormire, Ettore e Giovanni si incrociarono in salone. Flavia era in bagno. Il padre gli disse: «Sai, credo che abbia ragione. Ma non posso dirlo. Lei non capisce che dovevamo arrivare fin qui portandoci dietro tutto il partito, che è stato educato in un certo modo, nella Guerra fredda.

Però ci abbiamo messo troppo. Speriamo non sia già tardi. E ora è tutto sulle spalle di quel povero cristo di Berlinguer. Ma non dirle che secondo me ha ragione».

Quando Flavia raggiunse Giovanni nella stanza da letto, senza far rumore, cominciò a provocarlo, baciarlo, a carezzarlo. Lui la fermò: «Guarda che papà mi ha confessato che avevi ragione, ma non poteva ammetterlo».

Lei sorrise. «Non è lui che mi ha sorpreso, è stato il tuo silenzio. Non avevi opinioni o non sapevi scegliere tra i tuoi amori?» gli sussurrò baciandolo sul petto, dove a lui piaceva tanto.

Adesso Giovanni immaginava il padre e la madre camminare verso il Parco delle Rimembranze, in un tramonto arancione.

Ettore sarà stato come in politica: prudente, razionale, capace di ponderare effetti e reazioni di ogni scelta. Alla fine avranno preso la decisione più difficile, sentendo forse d'aver tradito il loro sfortunato figlio. Avranno sofferto, ma, pensando alla felicità di una bambina, sangue di Giovanni e loro nipote, si saranno convinti. Forse si saranno abbracciati in quell'angolo del parco dove, da piccolo, lo portavano a fare il picnic la domenica, con la radiolina per ascoltare *Tutto il calcio minuto per minuto* appoggiata sulla sedia di plastica.

Maria avrà impegnato in quella riflessione non solo il cuore, grande. Lei avrà cercato di capire e di far capire a Ettore le ragioni di Flavia, e avrà immaginato e gli avrà fatto immaginare il destino di Francesca. Lo avrà condotto, quell'uomo esperto di ragionamenti, nel porto che lei riteneva giusto raggiungere insieme.

Era sempre così. Ettore, alla fine, decideva quello che voleva Maria. Ma lei riusciva nell'impresa di lasciargli credere ogni volta di aver deciso lui. Che, al termine di ogni discussione di famiglia, tirava le conclusioni, come nel direttivo della sezione, e cominciava ripetendo sempre le stesse parole: «Allora, direi di fare così...».

In quei momenti Maria non sorrideva, fuori.

Ma dentro, certamente, sì.

Sedici

Venne il gran giorno. Giovanni si era vestito da solo e aspettava gli altri seduto in terrazza. Si sentiva come il protagonista del *Grande Gatsby*, libro che aveva letto e apprezzato da ragazzo, in un'età della vita in cui divorava, bulimicamente, saggi e romanzi. E siccome aveva amato tutte le opere di Francis Scott Fitzgerald, gli sembravano appropriate in quel momento le parole conclusive di Anthony in *Belli e dannati*: "Gliel'ho fatta vedere. È stata una lotta dura, ma non ho ceduto e ce l'ho fatta".

Gli avevano portato dei vestiti scelti da Daniela. Non erano, in verità, molto diversi da quelli dei suoi tempi. Camicia bianca, pantaloni blu, calzini lunghi dello stesso colore e mocassini neri. Le chiusure lampo erano come quelle dei suoi jeans giovanili, nessuno aveva inventato una cerniera elettronica; le cinte avevano buchi e fibbia, era tutto normale, una vera delusione. "Insomma, fin qui" si disse "il tempo non sembra essersi mosso."

Si era preparato, nei giorni precedenti, all'impatto con l'esterno. Si rendeva conto che, fino a quel momento, non aveva visto nessun altro essere umano all'infuori delle quattro persone che lo avevano rimesso al mondo fisicamente e, in parte, psicologicamente. Almeno così sperava. Si sentiva come un giocatore che era stato in ritiro per trentatré anni e ora doveva scendere in campo e cominciare il campionato.

Arrivarono uno a uno i suoi sodali della degenza. Dopo un abbraccio si promisero, con Cesare e Renato, di non perdersi di vista. Ma tutti sapevano, o temevano, che fosse come quegli impegni solenni, sinceri e disattesi che si prendono con gli amici del mare a fine estate.

Renato per la prima volta pronunciò qualche parola in più rispetto a "sì, no, buongiorno e buonasera".

Nel clima di nostalgico saluto, di commozione e di emotività, il fisioterapista si lasciò andare e disse proprio quello che non doveva: «A Giova', scambiamose i numeri, così se beccamo sempre. Te do er cellulare mio...».

Seguirono alcuni istanti di gelo. Tutti sospesero quello che stavano facendo, come in un fermo immagine, e lo guardarono. Daniela lo fulminò, lo avrebbe incenerito.

«Che mi dai, Renato? Non ho capito.»

Daniela pensò in un baleno a cosa inventarsi. Niente. Non poteva inventarsi niente. Rassegnata, riconobbe il primo buco nella tela che aveva tessuto in quei giorni e ammise: «È un nuovo tipo di telefono, Giovanni. Lo scoprirai presto».

Lui non diede peso alla cosa. In fondo la sua generazione aveva già visto il superamento del mefistofelico duplex, l'arrivo della tastiera con i numeri al posto di quella con il disco, poi la mai sufficientemente benedetta prolunga che gli aveva consentito di fare lunghe telefonate con Flavia, nella sua stanza, al riparo dalle orecchie dei genitori.

Che in trentatré anni avessero inventato un nuovo tipo di telefono gli sembrava, francamente, il minimo.

«Bene, sono curioso, è installato nella casa dove andremo?» chiese a Daniela.

La dottoressa serrò le labbra carnose, pensò che

avrebbe voluto fare lo stivaletto malese e infliggere orribili punizioni corporali a Renato, ma si limitò a rispondere: «Sì, diciamo di sì».

Ora era il momento, davvero.

Quando qualcuno va via da un posto, di solito, ha una valigia, una borsa, qualcosa. Giovanni era stato via per trentatré anni di sonno e non aveva nulla.

Era nudo, in un mondo ignoto. Salutò un'ultima volta Cesare che, a dispetto della sua mole, si era commosso come un ragazzino: «Aho', me stai a fa' piagne', Giova', che te possino caricatte».

Voleva aggiungere: «Me sto a prosciuga' come all'Olimpico per l'addio der capitano», ma lui non era sventato come Renato, e si fermò in tempo.

Chiusero la porta della stanza, Giovanni rivolse un'ultima occhiata a quello che era stato il suo nido: lì aveva fatto lo svezzamento, azzardato i primi passi, cominciato a parlare, pur senza perdere del tutto una impercettibile lentezza; lì aveva mangiato le prime pappe, liquide, e lì aveva conosciuto il destino dei genitori. Era un luogo importante della sua vita.

In verità, l'unico della sua resurrezione, fino a quel momento.

Uscì nel corridoio, non c'era nessuno. Gli parve però di sentire dei gridolini che provenivano da porte socchiuse e, attraverso uno spiraglio, vide alcune infermiere guardare verso di lui, agitate. Sembravano nascondersi.

Giovanni capì che avevano ricevuto l'ordine di non farsi vedere e sorrise, ricordando quello che Daniela gli aveva detto sulla morbosa curiosità che il suo caso aveva suscitato. Si sentì importante, in quel tragitto da star.

Ma ora aveva paura. La sentiva partire dalle gambe, ancora incerte, salire passando dal cuore, che correva come un ghepardo, e arrivare al cervello. La paura ora sbatteva con violenza alle pareti della sua testa. E faceva male.

Quando scese lo scalone come in *Viale del tramonto*, e raggiunse la porta d'ingresso, Daniela gli passò un paio di occhiali da sole. In effetti la luce era forte, nonostante fosse mattina presto.

Però Giovanni non li mise, non voleva perdere il colore autentico della vita ritrovata.

Prima di salire sulla macchina di Daniela doveva congedarsi da Giulia. La prese da parte. Le disse solo: «Grazie. Senza di te non ce l'avrei fatta. Sei stata il mio angelo custode per anni e il primo volto che ho visto quando sono rinato. Non potrò dimenticarlo. Non lo dimenticherò. Mai».

Alzò la testa e notò che decine di persone osservavano, dietro le finestre accostate della grande villa. Quando si sentì scoperta dallo sguardo di Giovanni, la moltitudine di occhi si ritirò frettolosamente dietro colorate tende svolazzanti.

Era una eventualità che Giovanni non aveva messo in conto. Avrebbe dovuto salutare Giulia nella sua stanza. Ma voleva prolungare quanto più possibile la presenza della suora accanto a lui.

A Giulia, che dava le spalle alle finestre, ma aveva capito cosa stava avvenendo dal movimento dello sguardo di Giovanni, sussurrò: «Ci stanno fissando e non posso dirti di più. Ma ti voglio bene. Come donna e come suora. Se sei una mela intera o due parti separate, solo tu puoi saperlo. Vediamoci presto, non abbandonarmi mai. Ho bisogno di te, suor Giulia».

Le prese la mano, questa volta stringendola forte. Pensò alle comari che sbirciavano e non la baciò sulla guancia, come avrebbe voluto. Si guardarono negli occhi. Lei era confusa e sentiva di arrossire, senza volerlo. Pensò a quello che avrebbe dovuto spiegare a tutti, a mensa. Però decise che se ne sarebbe fregata, che quel momento era troppo importante. Per tutti e due.

Giovanni si era già incamminato. Giulia affrettò il passo, gli batté sulla spalla, lo costrinse a girarsi e lo cinse, stretto. Lui rimase con le braccia lungo il proprio corpo, per non imbarazzarla. Le sussurrò di nuovo all'orecchio: «Ti voglio bene. Te ne vorrò sempre».

Giulia si scoprì a notare che le parole di Giovanni erano più rallentate del solito.

E provò una gran tenerezza.

Quando fece per salire in auto, la stessa della notte in cui era arrivato alla villa, Giovanni fu indirizzato da Daniela verso i sedili posteriori, quelli con i finestrini oscurati. Al posto accanto al guidatore era seduto un bambino, che si girò compunto e azzardò un sorriso di circostanza: «Buongiorno, piacere. Mi chiamo Enrico e sono il figlio della dottoressa».

«Piacere mio, Enrico» rispose Giovanni. «Tua madre mi ha parlato di te.» Per un attimo, di fronte al tono autorevole del ragazzino e all'eleganza con cui era vestito, era stato indeciso se dargli del lei. Intanto Daniela si era messa alla guida.

«Avete fatto conoscenza? Enrico sa molto di te. Gli ho raccontato tutto perché non ci fossero equivoci o misteri. È consapevole che deve essere riservato. E lo è, per carattere. Ora supereremo il cancello, meglio se ti sdrai. Non devono accorgersi che esci. Anche per questo ho portato Enrico. Ci aiuta a camuffare meglio la tua dimissione.»

Giovanni non capiva a chi Daniela si riferisse ma fece come diceva. Si stese, divenendo invisibile a ogni occhio esterno.

Quindi l'auto si mosse.

Dopo un po' Daniela disse: «Puoi alzarti. Ce n'erano a decine, di giornalisti, operatori, fotografi. Qualcuno deve averli avvertiti. Qualcuno di quelli che sapeva o ha sbirciato dalle finestre. Ma nessuno, a parte Giulia, conosce il posto dove abiterai. E nessuno può aspettarselo. La casa è piccola, ma carina. Io al mattino lavoro, ma Enrico è in vacanza, è stato promosso con il massimo dei voti, ti potrà aiutare e tenerti compagnia. In questi giorni ho il compito di continuare il reinserimento, perciò sarò a tua disposizione. Se sei d'accordo, faremo una vita normale, nella speranza che ti possa adattare nel più breve tempo possibile».

Era tutto nuovo, per Giovanni. Le auto che vedeva sfrecciare avevano forme meno squadrate di quelle che ricordava, c'erano tanti macchinoni alti e grossi che gli sembravano minacciosi, roba da film americani, e tante utilitarie davvero minuscole, perlopiù guidate da avvenenti signore bionde che con uno strano affare incollato all'orecchio gesticolavano platealmente, parlando da sole.

Lo stesso oggetto, così gli sembrava, che tutti alla fermata dell'autobus tenevano tra le mani, guardando in basso. Lo stesso oggetto che la maggior parte delle persone brandiva mentre camminava sui marciapiedi. Anche loro parlavano da soli. Cosa stava succedendo?

Una volta arrivati a casa, avrebbe chiesto a Daniela la spiegazione di quella stranezza. Ora si sentiva stanco e frastornato, voleva sdraiarsi e riposare.

«Sono quei telefoni di cui ti parlava Renato» gli disse lei dopo avergli mostrato la casa – non ci voleva molto – e la virtù più preziosa di quelle due stanze: un terrazzino con vista su Villa Albani, l'unico parco storico nel centro di Roma ancora chiuso al pubblico e, per i cittadini della capitale, gioiello misterioso e proibito.

L'appartamento dove avrebbe abitato era sullo stesso pianerottolo di quello di Daniela ed Enrico. La strada, che prendeva il nome dalla villa, era senza uscita, tranquilla e defilata.

Si sedettero al tavolo da pranzo mentre Daniela apriva il frigorifero che aveva riempito, per l'ospite speciale, di ogni prelibatezza. «Cosa vuoi da bere?» gli chiese.

Lui rispose indeciso: «Enrico che prende?».

Il bambino non ebbe dubbi: «Una Coca-Cola».

«Ottima idea, anch'io. Non ne bevo da un po' di tempo…» concluse Giovanni.

Gli sembrò che i momenti successivi fossero una pubblicità: vide, come al rallentatore, il tappo della bottiglia di vetro saltare, salire una schiuma d'oro fino all'orlo, il sorriso di Daniela che, sbadata, versava veloce quell'esuberante nero trasparente nel bicchiere. Giovanni sentì il rumore del liquido che scendeva, come un gorgoglìo dimenticato, e l'odore incancellabile, che lo riportò all'ultima volta che ne aveva gustato il sapore.

Era una sera, anzi una notte, di inizio giugno del 1984. Lui e Flavia avevano scavalcato le recinzioni che delimitavano, un'illusione di confine, l'area del Foro romano. Avevano passeggiato lì da soli, in una notte stellata. Erano stati ai rostri dove Giovanni aveva improvvisato, per Flavia, la versione shakespeariana del discorso di Marco Antonio in onore di Giulio Cesare, ucciso dai congiurati. Avevano girovagato vicino alla basilica Giulia e si erano seduti sulla scalinata del tempio di Antonino e Faustina.

I guardiani alla fine si erano accorti della loro presenza e li avevano richiamati.

I due ragazzi erano fuggiti, come nella famosa scena della corsa nel Louvre di *Bande à part* di Jean-Luc Godard. Voltandosi indietro per controllare la distanza dei due corpulenti custodi che li inseguivano, Flavia e Giovanni avevano attraversato a perdifiato tutto il Foro. Sentivano solo il rumore dei propri passi sul ciottolato della via Sacra e il ritmo del loro fiato.

Uscirono dalla parte del Colosseo, erano stati più veloci delle lente istituzioni. Giovanni di solito non faceva trasgressioni del genere e un po' si vergognava. Flavia aveva invece ritrovato, per una notte, la sua vena iconoclasta e ribelle.

Usciti dal Foro violato si fermarono a uno dei chioschi di bibite della piazza. Presero e si passarono l'uno sulle labbra dell'altra non una Coca-Cola, ma *la* Coca-Cola. La migliore Coca-Cola della Storia.

Quella sensazione Giovanni la stava rivivendo ora,

mentre il fresco liquido ambrato gli scendeva veloce nella gola.

Trentatré anni in coma e una figlia sconosciuta, dall'ultima volta che ne aveva bevuta una.

Diciassette

«Io di tecnologie non capisco nulla, a malapena so accendere il forno. Sarà Enrico, che è un maestro della materia, a spiegarti tutto. Quello che posso dirti è che il telefono non è l'oggetto che tu hai conosciuto. Non esistono praticamente più gli apparecchi nelle case, per farti un esempio.

Chiunque, in ogni parte del pianeta, compresi molti bambini, possiede un dispositivo personale che si può portare con sé, con il quale è possibile fare e ricevere chiamate da una parte all'altra del mondo. Spesso persino gratis.

Il numero non è più quello di casa, è quello della persona.

Con questo nuovo telefono puoi scattare foto o realizzare video. Puoi scrivere messaggi, controllare le previsioni del tempo, leggere le notizie nel momento stesso in cui i fatti accadono, effettuare acquisti in negozi a distanza, anche virtuali, pagare le bollette, giocare, vedere la televisione o il film che preferisci, ordinare la cena a casa o prenotare un ristorante, ascoltare musica, contare i passi che compi, ricevere la posta e rispondere, sapere come arrivare in auto o a piedi a un determinato indirizzo, consultare enciclopedie e leggere gran parte dei libri che siano mai stati pubblicati...»

Daniela si rese conto di aver corso troppo, come i ragazzi nel Foro. Si fermò, scese il silenzio nella stanza. Un lungo, interminabile silenzio.

Quando Giovanni riuscì a replicare, lo fece con un filo di voce: «Scusa, Daniela, puoi ripetere? Però, ti prego, più lentamente».

Lei sorrise e ricominciò a elencare, alternando mille pause, le infinite opportunità del telefonino, mentre Enrico, che si era alzato per prenderlo, metteva nelle mani di Giovanni il suo cellulare, spento.

Lui era come ipnotizzato dall'oggetto, che girava e rimirava, sorpreso e incuriosito. Sentiva di assomigliare a una delle scimmie dell'evoluzione raccontate nel prologo di *2001: Odissea nello spazio*.

Enrico gli si sedette a fianco, con l'aria di un insegnante di sostegno.

«Per accenderlo, premi qui. E ora devi digitare la password.»

Giovanni lo guardò smarrito: sia il verbo sia il sostantivo gli erano del tutto ignoti. Cominciava a temere che, rinato, dovesse, come un bambino, imparare una lingua nuova, astrusa, ostile. E che Enrico ora gli stesse spiegando con pazienza le aste, prima di passare all'abbecedario.

Il ragazzo muoveva le dita sulla tastiera a una velocità impressionante. A un certo punto lo schermo si illuminò e apparvero una serie di simboli, disposti in ordine su quella superficie luccicante. A Giovanni sfuggiva totalmente il significato di quei marchi, che però gli trasmettevano allegria.

«Queste sono le icone» gli disse Enrico scandendo le sillabe, come se il suo allievo fosse uno straniero o uno appena uscito dal coma. Giovanni era ambedue le cose, in quel momento.

«Icone?» ripeté come un ebete. Non avrebbe mai sopportato di vedere la sua espressione in quel momento.

Quella parola gli faceva venire in mente una pallosissima mostra di arte russa che, da bambino, il padre lo aveva portato a visitare alla Festa de l'Unità di Modena.

«Sì, se ne tocchi con il dito una, si apre» aggiunse Enrico. Se avesse parlato in esperanto, sarebbe stato più comprensibile. Come "tocchi"? E che vuol dire "si apre"?

Il ragazzo, che a Giovanni sembrava Einstein in persona, premette una di queste icone e all'improvviso apparve un altro schermo, con alcune foto di Daniela e persino delle immagini, una specie di superotto, in cui Enrico nuotava al mare. Si sentivano, Giovanni non capiva da dove, il rumore delle onde e le raccomandazioni della madre.

«Ho fatto anche un film con iMovie, stile Tarantino. Te lo mostrerò» esclamò orgoglioso il bimbo.

«Hai fatto un film? Con questo? E me lo fai vedere? Qui sopra?»

«Certo, magari dopo. Tutto è possibile, qui, guarda.»

Enrico toccò qualche altro tasto e, come per incanto, l'oggetto si trasformò in una radio o forse in un giradischi. Insomma trasmise una musica che Giovanni, ovviamente, non conosceva, anche se giudicò il suono di buona qualità.

Enrico, con aria furba e persino un po' sadica, gli domandò: «Sai il titolo?».

Per la prima volta Giovanni ebbe la tentazione di mandare a quel paese l'insegnante di sostegno, che si stava approfittando della fortuna di essere stato sveglio in quegli anni, per farlo apparire un cretino.

Si limitò a rispondere: «Certo che no».

«Neanch'io.» Forse in questo modo Enrico voleva condividere l'ignoranza del neofita, per alleviarne la vergogna. Giovanni lo considerò addirittura un gesto magnanimo.

«Ma guarda ora.» Il bambino sfiorò un altro simbolo e Giovanni, ormai mentalmente entrato in quell'universo, pensò: "Vediamo questa icona cosa apre".

Dopo un po' sullo schermo apparve il titolo della canzone che stava volando nell'aria del piccolo appartamento: *Mi fido di te*, di un cantante chiamato Jovanotti.

Giovanni rimase incredulo, sbalordito. Gli sembrò di rivivere l'incanto e la meraviglia conosciute alla Festa nazionale de l'Unità del 1972. Per la sua famiglia fu un tripudio, un'epifania, perché l'importante appuntamento politico si svolse al Villaggio Olimpico, sotto casa loro.

Dalla finestra del salotto potevano ascoltare la voce

di Miriam Makeba che cantava *Pata Pata* allo stadio Flaminio o, dalla cucina, Pajetta che discuteva di politica internazionale.

Potevano, ma che senso avrebbe avuto… Il bello di quelle feste era condividere, montare insieme gli stand, arrotolare i tortellini in cucine da cui ogni tanto si levava un canto popolare, appuntare la coccarda adesiva ai visitatori per ottenere soldi puliti per il partito. Il bello era sentirsi una comunità.

Ettore, che studiava in anticipo il programma, guidava la famiglia in ogni stand e selezionava dibattiti, concerti e spettacoli che sarebbe stato politicamente giusto non perdere.

C'era spazio, nella ricca offerta, anche per i bambini. E così Ettore aveva portato un emozionato Giovanni allo spettacolo del mago Fred, che si mormorava fosse, in realtà, un bravo compagno della sezione di Torpignattara.

Il prestigiatore era vestito proprio come in televisione. Giovanni, seduto in prima fila, aveva notato però che i pantaloni del frac erano rammendati alla bell'e meglio all'altezza del cavallo.

Il mago Fred segò una scatola rettangolare e nera dove in precedenza aveva rinchiuso la sua assistente;

lei però uscì tutta intera e anzi a Giovanni sembrò più tarchiata e grassottella di com'era entrata. Poi Fred tirò fuori vari conigli, attoniti e spelacchiati.

Alla fine annunciò un numero che avrebbe richiesto la partecipazione di due bambini: indicò una ragazzina con i capelli rossi e si guardò intorno alla ricerca del secondo. Giovanni, pentito della sua posizione così esposta, sperò di non essere scelto. Timido com'era, si sarebbe sentito morire, davanti a tutti.

Ma il compagno mago Fred, che lo possino, puntò inesorabile il dito nella sua direzione e gli intimò, non gli chiese, di salire sul palco.

Giovanni in quel momento avrebbe voluto essere della Dc o persino del Psdi. Ma non poteva sottrarsi e si alzò. La ragazzina non era male e lo guardava, anche lei smarrita. Il mago gli domandò il suo nome, poi mostrò al pubblico un mazzo di carte e ingiunse a Giovanni di sceglierne una e di tenerla bene a mente. Lui si accorse che sul dorso di quelle carte c'era scritto Coop, come una pubblicità. Ma non se ne curò e selezionò, tremante, un bel quattro di fiori.

Il mago compagno, voltato verso il palco, non guardò, e dunque non poté vedere che carta lui aveva scelto.

Di questo, Giovanni era sempre rimasto sicuro, negli anni.

Poi Fred gli disse di rimetterla nel mazzo. Quindi mischiò, davanti a tutti, e cominciò a tirare le carte sul pavimento, con gesto teatrale. Scartandole, ripeteva come una litania: «Questa, no… Questa, no… Questa, no…». Finché si bloccò e fissando Giovanni pronunciò una coppia di parole come una sentenza: «Questa, sì».

Era un re di quadri.

«Vero, Giovanni?» domandò Fred un istante dopo.

Il bambino in una frazione di secondo passò in rassegna tutti gli insegnamenti ricevuti: le regole dei genitori e quelle delle maestre, i rudimenti di cultura cattolica dell'ora di religione, quello che c'era scritto nel sussidiario a proposito di Muzio Scevola, di Enrico Toti, di Pietro Micca, il libro *Cuore* con le storie di Garrone, Franti e il *Canto di Natale di Topolino*. Ma non gli bastarono.

E allora la sua mente in quel preciso istante in cui tutti lo guardavano – il mago, il pubblico e la ragazzina con i capelli rossi – si fissò su un'immagine. Sui pantaloni malamente rammendati di Fred.

Pensò, quella mente di otto anni, che in fondo il mago

sfessato era un compagno di lotte del padre, che se lui avesse detto la verità, gli avrebbe rovinato la reputazione, che Fred non sarebbe più potuto entrare nella sezione di Torpignattara, che la moglie lo avrebbe rimbrottato e i figli, magari presenti, si sarebbero vergognati per il resto della vita. Tutto dipendeva da lui. Fare del bene significava dire una bugia. Un conflitto lancinante.

Ma il tempo era finito. Giovanni aveva dissimulato la sua devastante riflessione ingoiando più volte la saliva. Ma era con le spalle al muro.

Prese la decisione e disse: «Sì, era un re di quadri. Come ha fatto, mago?».

Ecco, quel mago nascosto nel telefono, capace di indovinare il titolo di ogni canzone dell'universo, gli ricordava il suo Fred. Scoprì poi che gli avevano dato un nome da *Mille e una notte*: Shazam.

Ma Shazam non era come il compagno mago: era perfetto, lui. Un figlio dei tempi.

Non aveva i pantaloni ricuciti e non sbagliava mai.

Diciotto

Daniela diede a Giovanni un pacchetto, confezionato con una bella carta rossa e lucida. Era il primo regalo che riceveva, nel secondo tempo della sua vita. Ruppe come un bambino impaziente l'involucro e all'interno trovò lo stesso oggetto che Enrico gli aveva mostrato e del quale gli aveva fornito i primi rudimenti: un telefono cellulare. Alzò la testa, incredulo, verso quella singolare coppia di genitori adottivi che lo stava guidando nei suoi primi passi.

Considerò ben strano che, per iniziare la sua "rieducazione", avessero scelto quell'apparecchio. Era davvero la più importante delle novità intervenute in trent'anni? Oppure quell'oggetto, che Giovanni ricordava di bachelite nera o di plastica grigia, era divenuto davvero insostituibile per l'esistenza quotidiana degli esseri umani?

Lo torturava tra le mani, in fondo era la prima cosa che possedesse, tutta sua. Come un regalo per il battesimo. Enrico gli spiegò che ora doveva inserire la famosa password, una sequenza di numeri che gli sarebbe servita per usare il telefono ed evitare che altri potessero accedere alle sue comunicazioni.

Giovanni ci pensò un momento, poi scelse "13684": giorno, mese e anno dei funerali di Berlinguer. Per mille motivi era quella la data che gli era più semplice memorizzare. E anche quella che era più giusto memorizzare. Enrico, con pazienza, guidava le dita del battezzato sullo schermo, gli insegnava a premere con tocco leggero, a scorrere, ad aprire e chiudere le applicazioni. Giovanni seppe così che tempo faceva in città, anche se in verità sarebbe stato più semplice guardare dalla finestra.

Poi il saggio ragazzo gli mostrò come scrivere e inviare un messaggio, denominato sms, che sarebbe arrivato all'istante sul cellulare dello stesso Enrico. Cosa che puntualmente avvenne. Giovanni, con grande stupore, ascoltò squillare l'apparecchio del giovane maestro, poi vide le parole che aveva appena composto sul suo telefono: "Ciao Enrico, sono Giovanni".

Pensò che, in effetti, trovandosi nella stessa stanza, forse sarebbe stato più semplice parlarsi, ma intuì che la velocità con cui il testo veniva recapitato non dipendeva dalla distanza.

Trasalì quando Enrico gli rivelò che la stessa operazione si poteva effettuare con persone molto lontane, anche all'estero.

«E in quel caso, quanto ci mette il messaggio ad arrivare?» domandò Giovanni stupito.

Nelle spiegazioni Enrico procedeva per gradi. Così gli aveva raccomandato la madre. Nel telefono c'erano solo tre numeri registrati: quelli di Daniela, di Enrico e di suor Giulia. Nessun altro.

Il ragazzino evitò di illustrare a Giovanni come si accedeva a Internet. Così il telefono, versione ridotta, divenne in sostanza uno strumento afono, che contemplava un limite: un'oggettiva contraddizione in termini, per quella tecnologia.

Daniela chiese a Giovanni se voleva riposare un po', prima di uscire a pranzo.

Lui rispose che ne aveva proprio bisogno e si ritirò. Scoprì che la porta della sua camera, come quella del bagno, non avevano chiavi nella toppa. Ma era l'ultimo dei suoi problemi, in quel momento.

Dopo un'ora, Daniela si affacciò sulla soglia della stanza, senza far rumore, e non lo trovò, come pensava, addormentato.

No, si era seduto sul letto, con le gambe incrociate, e non riusciva a staccare gli occhi dal telefono. Le dita, prima esitanti, ora si muovevano con discreta velocità sullo schermo.

Daniela allora entrò e vide Giovanni, che non si era ancora accorto della sua presenza, passare, con scatti rapidi e febbrili, dal calendario all'orologio, dal meteo alla calcolatrice.

Lei lo chiamò, lui si scosse, la guardò e disse una frase che la donna non avrebbe mai immaginato di sentir pronunciare dall'uomo che aveva solamente dormito per trentatré anni.

Disse, ripetendo qualcosa che aveva sentito da Enrico: «È fico, il touch screen…».

Daniela sorrise, incerta se rallegrarsi o preoccuparsi. Gli chiese se aveva fame. Aveva prenotato un tavolo in un buon ristorante in centro e raccomandato discrezione al titolare, senza spiegare la ragione.

Uscirono tutti e tre, salirono in auto, la parcheggiarono e percorsero alcune centinaia di metri per raggiungere il locale.

Nel frattempo ciascuno pensava una cosa diversa.

Daniela era attentissima a non far inciampare il suo paziente in qualche aspetto della contemporaneità che potesse turbarlo, scioccarlo. Per questo si guardava intorno come un agente di scorta a una personalità di spicco.

Giovanni invece notò di nuovo che tutti, per strada, stavano con la testa china su quell'oggetto di cui, ora, non gli sfuggivano più l'identità e il fascino magnetico.

Gli venne in mente, ricordando una gita scolastica, che se in quel preciso istante fosse avvenuta un'eruzione come quella di Pompei del 79 d.C., gli archeologi del futuro avrebbero trovato i calchi delle vittime nella stessa posizione. Tutte a testa in giù, tutte con le mani protese in avanti, tutte con un pollice e un indice eretti.

Enrico invece camminava qualche passo indietro e si sorprese a immaginare che gli altri passanti avrebbero potuto scambiare loro tre per una famiglia felice e unita, che andava a pranzo fuori. Invece erano un sopravvissuto, risorto in un altro secolo, una psicologa infelice e, ne era lui stesso cosciente, un bambino fin troppo equilibrato per la sua età.

Quando si sedettero al ristorante, Giovanni fu rassicurato dal sentirsi chiedere se preferivano acqua naturale o frizzante, domanda alla quale era certo di poter rispondere correttamente. Cominciò a preoccuparsi quando la cameriera, una splendida ragazza il cui nome, Deborah, figurava su una targhetta appuntata sul petto, servì una minuscola portata che presentò dicendo: «Dallo chef come benvenuto, una *amuse-bouche*».

Giovanni rammentò di quella volta in seconda media in cui, a causa dell'assenza di una professoressa, lo mandarono per un'ora in un'altra classe, dove si stava svolgendo la lezione di tedesco.

Si voltò verso Daniela e le chiese: «Che ha detto?».

«È una specie di antipasto» semplificò lei.

«Così piccolo?» domandò timidamente lui ingoiando in un solo boccone una microscopica forma rotonda di pane casereccio con uno spruzzo bianco che sembrava mozzarella.

Sembrava, ma non era. Deborah, con una voce che ricordava un assolo di flauto dolce, precisò che il pane non era casereccio, bensì «prodotto dal nostro chef con farina del Molise e sale rosa del Madagascar» e che la crema non andava confusa con mozzarella di bufala pressata, perché si trattava, invece, di una «deliziosa burrata della provincia di Andria dove le mucche vengono allevate ascoltando la musica di Alban Berg e mangiando solo erba sopraffina, tagliata a mano da contadini albini».

Giovanni aveva anche notato, in effetti, che sullo spruzzo bianco era stata adagiata una minuscola virgola coloro avorio. La natura della quale era stata definita da Deborah «una citazione di pura alice marinata pescata di mattina presto nelle acque cristalline dei fiumi di Malta».

«Ma a Malta ci sono fiumi?» chiese attonito Giovanni, senza ottenere risposta.

Da quel momento in poi per lui fu una vera tortura. Gli tornavano alla mente, come un supplizio della memoria, i suoi pasti prima del "pisolino".

Con Ettore andava ogni settimana dal Barrocciaio a San Lorenzo, dove si sparavano regolarmente due cofane – Deborah avrebbe detto due profonde scodelle cesellate a mano nei forni di Deruta – di rigatoni alla carbonara, seguite da altrettante porzioni titaniche di saltimbocca alla romana e da un robusto carciofo alla giudìa. Il tutto si concludeva con un millefoglie alla crema, poi caffè, ammazzacaffè e amaro Montenegro. Sempre lo stesso, da anni.

Anche perché non esistevano molte alternative.

Ettore entrava e si limitava a dire: «Il solito, Augustarello».

E in pochi minuti quel bendidìo, sempre meravigliosamente uguale a se stesso, appariva sulla tavola, apparecchiata con una leggendaria e resistente tovaglia a quadri di colori indefiniti, forse un tempo persino riconoscibili.

Invece ora la meravigliosa Deborah annunciava: «Battutina di giovane Fassona in salsa di topinambur, cagliata filante e aromi dell'Anatolia centrale». Piatto la cui identità fu, per Giovanni, impossibile da decifrare. Poi si scatenò un delirio di cibi adagiati su vellutate di qualcosa. Per lui il velluto era quello della sua prima giacca da festa da ballo. Proprio non riusciva a vederlo come sottofondo di cibi.

Ma lui era un ragazzo, anzi, un uomo intelligente, e da lì in avanti evitò di mostrare sorpresa per ogni portata. Di tanto in tanto, per darsi un tono, chiedeva se nel piatto annunciato c'era una vellutata di topinambur.

Il momento più difficile fu la scelta del caffè. Deborah, implacabile, ne elencò un centinaio. Giovanni era nel marasma. Si attaccò all'ultimo citato, il misterioso "caffè thailandese", che ordinò senza esitazione. Però non resistette e chiese alla cameriera in cosa differisse dagli altri.

Deborah si aspettava la domanda e rispose, sempre flautando: «Nella miscela del caffè thailandese si avverte distintamente il sapore dei monsoni».

«I monsoni. È evidente» rispose lui, come per scusarsi di non averlo ricordato.

Quando arrivò il conto, Giovanni si accorse che non avrebbe potuto rispettare l'insegnamento del padre: «Con le signore paga sempre l'uomo».

Non aveva una lira in tasca. Daniela gli sorrise ed estrasse dal portafoglio una carta di credito.

Ecco un'altra cosa che ricordava, pensò con soddisfazione. Una volta, all'inizio degli anni Ottanta, Ettore aveva orgogliosamente portato a casa una American Express, che gli avevano consigliato in banca. Era il segno evidente che lo status della famiglia stava migliorando, tanto che quell'anno sarebbero andati, traghetto e pensione Geranio Rosso, in vacanza a Stintino.

«Magari incontriamo il segretario sulla spiaggia» aveva azzardato Ettore, il cui sogno più grande era, un giorno, poter stringere la mano a Berlinguer. Però, ai membri della famiglia riuniti attorno a dei Crodini stappati per festeggiare, si era saggiamente raccomandato: «Vedete questa carta, tutta bella, tutta moderna? È un'americanata, non dimenticatelo. Sempre soldi sono. È comoda perché si salda dopo e si evita di essere dipendenti dal contante. Ma poi si paga tutto. Non sembra, ma si paga. E con gli interessi. Quando la useremo dobbiamo sempre ricordarci che cos'è: una cambiale plastificata».

Giovanni stava per rivolgere la stessa, avveduta, raccomandazione a Daniela quando Deborah, impugnando uno strano oggetto pieno di tasti e luci, disse: «Sono 160 euro, signora».

«Cosa? Quanto è il conto? 160.000 lire? È un furto, Enrico» mormorò al ragazzo mentre la macchina inghiottiva la carta di credito.

Daniela si accorse della sua agitazione, gli rivolse uno sguardo rassicurante e, omettendo la natura della moneta, disse: «Certo, caro, sono 160».

Deborah, implacabile, precisò: «Sì, 160 euro».

Giovanni prese del tempo, mentre Daniela ed Enrico lo osservavano preoccupati. Respirò a fondo e capì che era solo l'inizio.

«Euro. È evidente» sussurrò, mentre si puliva la bocca col tovagliolo.

L'incidente del ristorante costrinse Daniela, una volta tornati a casa, ad anticipare una spiegazione della moneta improvvidamente citata da Deborah.

Dispose sul letto del suo ospite banconote e monete di tagli diversi. A fianco collocò l'equivalente in lire. Quando c'era stato il cambio di valuta, nel 2002, aveva messo da parte una certa quantità di vecchio denaro che ora tornava utile. Lo avevano fatto tanti italiani, non si sa mai.

Supportata dai testi di alcuni siti d'informazione, la dottoressa aveva ripercorso le principali tappe del processo che aveva portato alla moneta unica. Ne aveva approfittato per far capire a Giovanni alcuni aspetti dell'integrazione europea, la creazione del Parlamento e della Commissione e l'istituzione di una banca centrale del continente.

Lui aveva sgranato gli occhi e si era commosso, quando Daniela gli aveva detto che erano state abolite le frontiere al confine di gran parte dei Paesi europei.

«Significa che per andare in Francia o in Germania non c'è più bisogno del passaporto? Mio nonno ha combattuto due guerre mondiali per i confini. E furono gli austriaci a colpirlo alla gamba con la baionetta.

Anche in Austria si va senza passaporto? E davvero posso pagare con la stessa moneta ovunque?»

Enrico, compunto, gli disse allora che il suo sogno, dopo qualche anno, era quello di utilizzare un programma chiamato Erasmus, che consentiva ai ragazzi di un Paese europeo di continuare gli studi in un altro.

Si erano spostati nella stanza da pranzo e Daniela aveva aperto sul tavolo una grande carta geografica.

«Vedi? Ora gli Stati dell'Unione sono ventotto.» Glieli indicò con il dito, sfiorando la mappa colorata.

Giovanni era rapito dalla leggerezza di quel gesto, dall'eleganza delle mani di Daniela e dai nomi delle nazioni stampati che lei lambiva con la deliziosa falange dell'indice destro aggiungendo in tono dolce: «L'Europa è cambiata. Sono nati nuovi Stati. Tanti, più di quelli che emersero dall'equilibrio successivo alla Seconda guerra mondiale».

«Georgia, Croazia, Slovenia, Estonia, Lettonia, Ucraina, Bielorussia, Moldavia, Azerbaigian, Kirghizistan, Uzbekistan, Macedonia, Tagikistan, Armenia, Turkmenistan, Kazakistan, Bosnia, Serbia, Repubblica Ceca, Slovacchia, Kosovo.» Giovanni scandiva piano i nomi che vedeva sotto le dita di Daniela. A parte alcuni che gli suonavano inediti, gli altri erano conosciuti, ma sembravano persino antichi, simboli di identità che pensava superate, a quanto ricordava della sua prima vita.

Quando Daniela sollevò la mano e fece una pausa, lui pronunciò, con voce incerta, i nomi che non aveva trovato sulla carta, in quel giro virtuale del continente: «E l'Urss? E la Jugoslavia? E la Germania Est?».

Daniela sorrise. «Sono successe tante cose, durante il tuo lungo sonno. Ti ci vorrà un po' per conoscerle, capirle e accettarle. Il mondo è cambiato, molto cambiato. Ne parlerai con suor Giulia. Lei troverà il modo giusto per raccontarti cos'è successo in questi trentatré anni. È una donna sorprendente, tu stesso potrai renderti conto della sua preparazione storica e politica, del rigore e della profondità dei suoi studi. Io devo guidarti e sostenerti nel labirinto di sentimenti e di nuovi sentieri della tua vita; lei ti fornirà la cornice per restituirti il ruolo di cittadino consapevole del proprio tempo.»

«Sì, ma l'Urss?» Giovanni insisteva, non gli bastavano quelle parole dall'intento consolatorio, per lui era urgente sapere perché quel nome non c'era. In uno spazio più o meno corrispondente ora ne leggeva un altro, per lui antico: "Russia".

La sua domanda, comprese mentre la ripeteva per la seconda volta, non era formulata con l'angoscia che forse avrebbe avuto Ettore. Si sorprese a ponderare gli ingredienti dell'intonazione migliore.

Infatti subito dopo lo stupore, non c'era la paura. Si accorse, e questo lo meravigliò, che in quel momento in lui c'era qualcosa di diverso. Qualcosa che assomigliava alla speranza.

Diciannove

La mattina successiva, Giovanni si svegliò presto. Cercò una macchinetta per preparare il caffè, senza trovarla. Attese allora che qualcuno dell'appartamento di fronte venisse a cercarlo. Si mise seduto sul divano, davanti al muro, a pensare. Non faceva altro, praticamente, da quando era tornato al mondo.

Si rese conto che la casa era spoglia, sembrava un luogo senza data. Come la stanza d'ospedale. Non c'era neanche lì un televisore o una radio. Non c'erano quotidiani o riviste. Si faticava persino ad associare il mobilio a un'epoca storica. Lui, in quella camera, poteva essere indifferentemente un esponente della Resistenza, un ingegnere impegnato nella costruzione di un viadotto dell'autostrada del Sole, un poliziotto incaricato di pedinare un terrorista. E quella che stava vivendo poteva essere una qualsiasi mattina d'estate del 1945, del 1961, del 1978.

Giovanni si sentì un apolide del tempo.

Seduto lì, solo, in un mondo indecifrabile.

In verità si era un po' stufato di rimuginare nel vuoto. Voleva essere immerso nella contemporaneità, catapultato nell'ignoto, com'era successo – gli era piaciuto molto – al ristorante. In quel momento, per quanto fosse spaesato e inconsapevole, gli era parso che la nuova stagione lo accogliesse, lo contemplasse tra i protagonisti. Da marziano a umano: aveva sentito, in quel locale, che la sua diversità poteva essere accettata, comunque tollerata.

Si annoiava e si mise a guardare fuori dalla finestra. C'era la Villa Albani, enorme, verde, deserta e silenziosa. Anch'essa senza tempo. Pensò davvero di essere un alieno, un uomo senza collocazione, senza identità.

Allora prese il cellulare e osservò lo schermo con attenzione. Oltre a quelle che aveva usato c'erano altre icone – aveva imparato presto la terminologia corretta – dai colori infantili. Su una di queste, particolarmente vivace, appariva la scritta “Candy Crush”. Toccò, non smetteva di sembrargli una magia, e si aprì una pagina con una sola parola: "Gioca!". Era qualcosa a metà tra un invito e un ordine.

Lui obbedì, ignorando l'incomprensibile indicazione "Scegli il booster". Apparve sullo schermo prima uno strano percorso e poi degli allegri disegni: gocce gialle, cerchi blu, pillole arancioni, quadrati verdi, fagioli rossi, pentagoni viola. Giovanni li osservava rapito, quell'insieme di colori e di forme lo riportava indietro nel tempo. Quando, da bambino, giocava con dei coni di plastica di mille colori che impilava uno sull'altro fino a formare altissime colonne di arcobaleno.

Tre di quei simboli lampeggiavano. Era come una sollecitazione a occuparsi di loro. Timidamente le toccò e scoprì che, quando si mettevano in fila, sparivano. E questo doveva essere un fatto positivo, perché corrispondeva a punti che si accumulavano. I movimenti sulla tavolozza variopinta producevano dei rumori seducenti, nella loro ripetitività.

Fu ammaliato dall'idea che stesse giocando grazie a un telefono. Un oggetto che non trasmetteva più solo la voce, come nella sua vita precedente, ma anche colori, immagini, informazioni, musica, numeri, date e mille altre meraviglie.

Daniela, quando aprì la porta, lo trovò come il giorno prima.

Chino sullo schermo, sorrideva. Come un bambino.

Lei lo salutò. Lui rispose con un mugugno. Gentile, ma mugugno. «Sono già al terzo livello» disse soddisfatto.

Le esperienze di Giovanni coi videogiochi erano limitate, nella sua prima vita, al Pong e al Breakout, installati nel bar vicino alla sezione.

Ettore si lamentava sempre che i militanti proseguissero lì, durante agguerrite sfide, le interminabili discussioni sulla solidarietà nazionale e lo strappo con l'Urss.

Giovanni pensò al Commodore 64 che campeggiava sul tavolo della sua stanza e si chiese che fine avesse fatto. Ricordò quant'era stato indeciso tra l'acquisto di quel computer o lo Spectrum della Sinclair del quale, tra i ragazzi dei primi anni Ottanta, si vociferava, ma forse era una leggenda, che contemplasse tra le funzioni un gioco capace di riprodurre il ruolo di un allenatore di calcio.

Daniela aveva in mano uno strano oggetto. Quando Giovanni, consigliato da Enrico che nel frattempo li aveva raggiunti, mise in pausa Candy Crush, vide che la dottoressa appoggiava su una mensola della cucina una strana macchina.

«Con questa potrai farti il caffè ogni mattina.» Era una versione bonsai di quelle dei bar.

Fu di nuovo il ragazzo a spiegargli il funzionamento, che a Giovanni apparve inaspettatamente facile. Più facile del complesso equilibrio di polvere e acqua che ricordava essere necessario per un buon caffè. E anche molto più veloce. Il liquido usciva all'istante e non si doveva aspettare che bollisse, procedimento che, a casa, sembrava non finire mai.

Semplice e veloce, come il telefono.

Che fosse questa la cifra del nuovo tempo?

Era una bella giornata di sole e Giovanni chiese: «Usciamo? Possiamo fare una passeggiata? Possiamo?».

Certo che potevano. Ma Enrico rispose che voleva tradurre, per prepararsi al ginnasio, una versione di latino e dunque sarebbe rimasto a casa.

Quando Giovanni e Daniela arrivarono a Villa Paganini, sulla Nomentana, si misero a camminare tra i viali. Giunti al laghetto salirono sul ponticello e lì si fermarono, appoggiati alla balaustra di legno. Lui era rimasto impressionato dai nomi sulle targhe dei viali interni alla villa: via Marco Biagi, via Massimo D'Antona, via Pio La Torre, via Rita Atria. Sotto quei nomi aveva letto: "vittima del terrorismo", "vittima della mafia".

Sapeva cosa era successo a Pio La Torre, ricordava perfettamente l'assassinio, i funerali alla presenza di Berlinguer. Disse a Daniela di essere rimasto sconvolto da una fotografia di quel delitto. Un'immagine che, dopo tanti anni e il lungo sonno, si ripresentava nitida e ancora più orrenda. Era stata scattata prima che i lenzuoli coprissero pietosamente i corpi. Si vedeva l'autista di La Torre, Rosario Di Salvo, seduto al posto di guida, ma con la testa riversa all'indietro e un foro sulla guancia sinistra. La bocca aperta: forse un grido, forse un lamento.

La Torre aveva il capo e il torace riversi sulle gambe di Di Salvo. Ma il dettaglio che Giovanni non poteva cancellare erano le scarpe del dirigente del Pci che spuntavano dal finestrino del passeggero. Era stata la violenza dei colpi a costringerlo in quella posizione? Era stato un gesto di difesa? Aveva tentato di scalciare contro l'assassino?

Giovanni aveva passato ore su quella foto.

Poi, con Ettore e Flavia, era sceso a Palermo, per i funerali. Aveva diciott'anni, allora. E quel giorno, davanti a quel corpo, si convinse di essere dalla parte giusta.

«Cos'è capitato agli altri?» domandò.

«Mentre raccontavi della foto» rispose Daniela, «pensavo che, in fondo, per ciascuno dei nomi che vedi qui potrebbe esserci un'immagine che li identifica. Per Marco Biagi, un professore universitario ucciso dalle Brigate Rosse, è una bicicletta, quella con cui si muoveva a Bologna. Per Massimo D'Antona, anche lui professore e consulente del Ministero del Lavoro, la borsa con le sue carte, che oppose ai terroristi. Rita Atria era una ragazza di diciassette anni, figlia di un mafioso, collaboratrice con la giustizia. È una storia lunga e difficile. Lei rivelò fatti importanti a un giudice che si chiamava Paolo Borsellino. Di lui si fidava. Il magistrato fu ucciso in un orribile delitto di mafia. Lo fecero saltare in aria con la scorta mentre suonava al citofono della casa di sua madre. Fu un inferno. La strage avvenne a Palermo, in via D'Amelio.

Rita Atria si gettò dalla finestra una settimana dopo. La morte di Borsellino l'aveva sconvolta e si sentiva sola, definitivamente sola. Si suicidò in via Amelia, a

Roma. Era poco più di una bambina. Una bambina coraggiosa. C'è una sua foto, che mi è sempre rimasta impressa, mentre abbraccia un gigantesco orso di peluche blu.

Una bicicletta, una borsa, un peluche. Potrebbero essere gli oggetti di un ragazzo. E forse l'Italia è rimasta così, nel tempo. La violenza, l'arroganza e l'opacità del potere le hanno impedito di crescere e spiccare il volo.

Stiamo parlando del decennio 1992-2002. Questo parco, con il suo silenzio e i suoi viali alberati, è un luogo adatto per meditare.»

«Ma quindi le Brigate Rosse hanno continuato a uccidere? Ci sono ancora?»

«No, per fortuna ora quella stagione è conclusa. Giulia ti dirà tutto, di questi anni turbolenti. Mi hai fatto delle domande e io non potevo non risponderti. Ma fermiamoci qui.»

Ripresero a camminare. Giovanni la fissò negli occhi. Pensò che la dottoressa non era così formale come voleva far credere. Non erano solo le labbra a essere carnose. Anche lo sguardo, quando le difese si abbassavano, rivelava un'intensità e un calore che Daniela teneva deliberatamente nascosti.

Fu Giovanni a riprendere a parlare: «Vedi, è come

se io avessi perso la mia mappa del mondo. Non so più orientarmi. Ieri, quando mi hai mostrato la nuova carta geografica dell'Europa, mi sono sentito smarrito. Non sapevo più dove potessi e volessi andare, anche solo con l'immaginazione. Il mondo ha sparigliato la sua Storia, i suoi luoghi, le sue persone, mentre ero via. E io devo raccogliere questi pezzi e rimetterli insieme, dare un senso a quello che è accaduto, capire dove mi trovo, e progettare un domani possibile. Devo trovare un equilibrio tra passato, presente, futuro. Tutto in una volta, tutto intrecciato. In un'esistenza normale queste tre dimensioni si dipanano, utilizzando lo scorrere del tempo. Nel mio tempo, il tempo dell'assenza, ogni cosa si è aggrovigliata. Devo sbrogliare una matassa impazzita, ricostruire consapevolezza, identità, coscienza della Storia, relazione con il quotidiano, ma soprattutto devo ridefinire un rapporto con gli altri. Quelli che sono rimasti, quelli che ci sono ora e quelli che incontrerò, possiedono codici, pensieri e parole che io non posso capire. Spero di riuscirci. E questo devo chiederlo proprio a te, Daniela. Quando?».

La dottoressa aveva seguito con attenzione il ragionamento di Giovanni e si concesse qualche minuto per riflettere.

«Vedi, comprendo la tua urgenza, ma dobbiamo muoverci con cautela per non compromettere il tuo ritorno alla vita. Ti rispondo citando un filosofo che ho studiato ai tempi dell'università, Ernst Bloch. Il suo pensiero ha ispirato molte delle mie convinzioni professionali, e anche personali. In uno dei suoi studi Bloch ha introdotto il concetto dell'*Eingedenken*, un'espressione che può essere tradotta con "immemorare". Non indica tanto un ricordo da rendere eterno, ma una possibilità non compiuta, un progetto, un'esigenza da realizzare.

Le tre dimensioni di cui hai parlato possono saldarsi solo in una complessiva esperienza umana, e noi dobbiamo cercare di rendere vivo ciò che la tua memoria crede di aver sepolto nel lungo sonno. Bloch scriveva che dobbiamo indovinare ciò che deve venire, sapendo quello che è stato e pronti a ridisegnare il mondo intero con l'ambizione di "un mutato voler pensare". Quando arriveremo a conoscere noi stessi, allora potremo familiarizzare con tutto il resto.»

Era il senso del lavoro che avrebbero dovuto fare insieme. Conoscere se stessi, per familiarizzare con tutto. E "indovinare ciò che deve venire", ciò che è possibile, solo sapendo quello che è stato e avendo l'ambizione di "un mutato voler pensare".

Mentre parlava, in quel parco, tra quelle targhe tristi, era come se si facesse carico del dolore degli uomini e del silenzio della natura. Daniela sentì un'immensa energia.

Le sembrò, finalmente, di non essere sola.

Guardò Giovanni e per un attimo pensò, persino, di essere felice.

Venti

Giovanni aveva il desiderio di riascoltare la musica composta da Ennio Morricone per i titoli di testa di *Novecento*, l'opera cinematografica di Bernardo Bertolucci. Quella saga di due famiglie emiliane, una contadina e l'altra borghese, iniziava al debutto del secolo con la morte di Verdi, annunciata con grida disperate da Rigoletto, il gobbo del villaggio innamorato della lirica.

Mentre Verdi finiva, cominciavano due vite, le cui storie il film narra fino alla loro vecchiaia.

A Giovanni, impregnato senza saperlo dello storicismo che si respirava in casa, piaceva che in quel racconto la dimensione più intima e personale si intrecciasse furiosamente con quella collettiva, che le esistenze fossero condizionate, contaminate, stravolte dall'irruzione della Storia.

E la Storia italiana, nel Novecento che Giovanni aveva studiato e in parte vissuto, era stata maestosa. Un impasto di funerali e di balli in piazza, di sangue e di vino, di bombe e di scoperte, di coraggio e viltà.

Nulla di ovvio, nulla di banale.

L'Italia aveva combattuto due guerre contro altri e innumerevoli guerre contro se stessa. Era stata bombardata dai nemici stranieri e sparata a vista da mafiosi e terroristi nati tra noi. Aveva indossato le camicie nere e, dopo un bagno di sangue, sventolato le bandiere rosse. Per poi scoprirsi eternamente democristiana.

Eternamente.

Chissà.

Da quando era tornato, Giovanni aspettava di scoprire com'era diventato il suo Paese, in sua assenza. Sentiva di poter scrivere, lavagna pulita com'era, un altro episodio della storia di Olmo e Alfredo, i due protagonisti di *Novecento*.

Ma la risposta alle sue domande veniva rinviata di continuo. Tutto era deferito a un colloquio con Giulia.

Dunque sarebbe stata una suora a riportarlo nella

Storia, dopo che una dottoressa lo aveva riportato nella sua vita. Gli sembrava paradossale.

Ma in fondo, pensò, era la conferma che l'Italia era sempre cattolica, apostolica, romana. Una suora doveva spiegargli la Storia. Come in una scuola confessionale.

Daniela gli aveva però fornito una diversa interpretazione: in una fase così emotivamente impegnativa per lui, preferivano evitare che incontrasse altre persone, ignare del suo faticoso cammino.

Giovanni fu richiamato dalla musica di Morricone che Enrico aveva fatto in modo suonasse dal telefono. Lo emozionava in particolare il primo brano, quello che scorreva sotto l'immagine del *Quarto Stato* di Pellizza da Volpedo. Giovanni scoprì che quella musica aveva un suo titolo: *Romanzo*. Gli apparve appropriato.

La ascoltava, sorseggiando lo squisito caffè della macchinetta, quando la porta si aprì ed entrarono Daniela e Giulia. Insieme erano ancora più belle. A Giovanni piaceva che non fossero semplici. Aveva creduto di individuare in ciascuna un travaglio, l'ombra di un disagio che le rendeva, allo stesso tempo, malinconiche e desiderose di allegria.

«Guarda che ho accettato di farmi raccontare da te

la storia di questi anni solo per una ragione»: fu così che accolse l'ingresso di Giulia.

«E quale sarebbe?» chiese lei.

«Che sei una suora compagna» rispose Giovanni sorridendo.

Anche Giulia sorrise. «Chissà che tu non abbia ragione, ma sei così sicuro che sia una contraddizione in termini? In fondo, da sempre ci occupiamo dei malati, dei poveri, degli ultimi. E non dovrebbe essere proprio questo uno dei compiti dei "compagni"? E "compagno" non è una parola che nasce, etimologicamente, da *cum panis*, dividere il pane? Chi più di noi, da Cristo fin qui, ha l'obiettivo di condividere e alleviare? Siete arrivati secondi, almeno secondi.»

Daniela capì che era giunto il momento di lasciarli soli. Giulia si era preparata molti appunti e alcune cronologie. Tutto era scritto, con una calligrafia tonda da adolescente, su una piccola agenda.

«Come si mette in libertà una suora? Fa caldo. Non puoi toglierti almeno il velo?»

Giulia lo assecondò, ma con un gesto talmente deciso da essere privo di quella sensualità racchiusa, sempre, nello scoprire a un altro una parte di sé, corpo o pensieri che siano.

Il suo "disvelamento", così si potrebbe letteralmente definire, fu rapido, quasi maschile.

Ma non bastò la rapidità brusca del movimento, e l'assenza di qualsiasi concessione: con quei capelli corti e spettinati Giulia era bellissima. Era ancora più attraente, il viso tondo e la pelle levigata, impermeabili agli anni.

Ma restava una suora, per di più compagna. E Giovanni doveva togliersi dalla testa pensieri blasfemi, scabrosi e politicamente inaccettabili.

Lo fece, nella sua condizione di soggetto affetto da tempesta ormonale derivante da decenni di sobria astinenza: non era facile, ma lo fece.

Anche perché, complice la musica di *Novecento*, era diventato urgente per lui conoscere l'esito di quel secolo, del "suo" secolo.

Alla prima domanda aveva pensato fin dal risveglio. Guardò Giulia. Gli sembrò strano rivolgerla a una suora. Ma non rinunciò. «Chi fu eletto segretario dopo la morte di Berlinguer? Lama, Occhetto?»

«No, Giovanni, fu eletto Alessandro Natta.»

«Ah. Papà sarà stato contento, lo stimava tanto. Sosteneva che fosse il più colto del gruppo dirigente e che tenesse discorsi anche in latino. Che era una gran brava persona e aveva fatto la Resistenza. Io, sinceramente, speravo in una scelta più innovativa. Ricordo che ne discutemmo con papà la mattina del funerale, a colazione. Continuità o rinnovamento: la croce e la delizia della storia del Pci...» Si fermò pensieroso, poi chiese: «Il Pci è ancora forte? Quanto ha preso alle ultime elezioni?».

Giulia tacque. Sapeva che quello sarebbe stato lo scoglio più doloroso. La vita di Giovanni si era interrotta in una piazza piena di bandiere rosse ed era rimasta sospesa in un limbo per trentatré anni.

Lei, bambina in quella giornata romana, ricordava ancora quanto rimase impressionata di fronte a quel pianto collettivo, ai pugni chiusi, segno di un'appartenenza radicata, alle voci levate all'unisono in quel canto che Giovanni aveva intonato uscendo da un sogno che forse era memoria.

C'era un grande partito, tante certezze, un mondo di pensieri forti. Spesso sbagliati, ma forti. Tutto appariva ordinato, ben disposto sulla scacchiera. Anche se si avvertivano i primi scricchiolii di quell'equilibrio. Ma erano rumori quasi impercettibili, che solo le sensibilità più avvertite riconoscevano come annunci di un'epoca nuova.

Cosa sarebbe restato a quell'uomo che aveva perso, nel tempo, ogni persona, ogni legame, ogni affetto? Che aveva scoperto di non avere più nessun amore e di possederne uno che forse non avrebbe mai potuto riconoscere? Che magari sperava di ritrovare almeno la sua dimensione collettiva, i compagni, la sezione, i sogni?

Adesso spettava a lei scoccare l'ultima freccia. Il cuore di Giovanni era già trafitto, non c'era spazio per altre punte acuminate. A lei sarebbe toccato mirare, senza volerlo, in uno spazio a metà tra il cervello e il cuore. Quello poteva essere il colpo decisivo, fatale.

La freccia, Giulia doveva sceglierla bene. Non poteva non scoccarla, ma voleva che il suo ingresso nel corpo ferito di Giovani fosse il più lieve, il meno feroce possibile.

Il silenzio finì. Da fuori arrivava, quasi assordante, il rumore delle cicale che abitano i pini di Villa Albani.

Giulia caricò l'arco e disse: «Sono successe tante cose nel mondo. Alcune straordinarie. Il Novecento è finito con la vittoria della democrazia sui regimi autoritari. Non esistono quasi più dittature. Pinochet è caduto e in Cile c'è la libertà. Mandela è uscito dal carcere ed è diventato presidente del Sud Africa. E soprattutto è stato abbattuto il muro di Berlino. So che hai visto la nuova carta geografica: non c'è più il Patto di Varsavia, non ci sono più i Paesi socialisti, non c'è più l'Urss. E non c'è più il partito comunista dell'Unione sovietica».

Giovanni prese tempo. Il suo cervello doveva ordinare tutte quelle informazioni, disporle nel corretto ordine, prendere la giusta distanza dal terremoto che le poche parole di Giulia annunciavano.

Gli anni che aveva passato dormendo equivalevano a quelli trascorsi, al momento dell'incidente, dalla stagione di Stalin e di De Gasperi. I film, nel 1951, erano in bianco e nero e la televisione non esisteva.

Il suo tempo, quello interrotto nel 1984, era un mondo diverso. Poteva in fondo aver rallentato la sua corsa, la Storia? Giovanni aveva messo in conto uno choc da novità. Ma ora aveva bisogno di un momento, solo un momento, per dare forma e senso alle prime informazioni di Giulia.

«Fin qui mi sembrano tutte notizie bellissime. E non credere che mi disperi per la fine dell'Urss. Mio padre e mia madre avranno sofferto, ci avevano creduto all'illusione sovietica. Io mi sono convinto invece che avesse ragione Flavia, quella notte che litigò con papà. Aveva ragione Jan Palach, non Brežnev. Era lui quello di sinistra, se sinistra vuol dire davvero libertà.»

«Non ho finito, Giovanni. Il partito comunista non c'è più. Per effetto di tutto questo, il Pci si è sciolto. O, meglio, è diventato altro. Molto altro.»

Eccolo, il dardo acuminato. Giulia aveva somministrato un po' di anestetico prima di scagliarlo. Ma ora era in volo, stava compiendo la traiettoria dalle sue labbra a quel punto, lo spazio tra cuore e cervello, dove Giovanni lo avrebbe ricevuto, inerme. Giulia vide il dardo, composto dalle sue parole, muoversi a rallentatore, ne seguì la direzione, riuscì a percepire lo sguardo smarrito dell'altro, un attimo prima che la punta si conficcasse nel suo corpo.

Giovanni pensò a suo padre e a sua madre, alla sezione, ai compagni di una vita, alle riunioni che non finivano mai, alla Festa nazionale con i volontari che servivano ai ristoranti. Pensò al mago Fred, ai suoi figli orgogliosi, alle manifestazioni. Si chiese dove fosse finita la rossa bandiera della sezione, cucita durante la Resistenza e custodita come un tesoro per generazioni, si domandò cosa fosse del ciclostile, del legno dei palchi, dei microfoni dei comizi, delle coccarde adesive e degli occhiali di Berlinguer. E se quelle canzoni che, cantate insieme agli altri, gli davano i brividi, fossero scomparse nel vento.

Si chiese quanti compagni avessero sofferto come

stava capitando a lui ora. Si domandò, dolente, se quella comunità si fosse dispersa, come dopo un terremoto, o fosse rimasta unita e coesa, come in un rifugio durante un bombardamento.

Avrebbe dato qualsiasi cosa per conoscere la reazione di Ettore. Il partito era la sua vita. Era importante come la famiglia. Anzi, quando Giovanni era piccolo e non lo vedeva tornare mai dalle riunioni, aveva temuto che fosse persino più importante della moglie e del figlio, che lo aspettavano a casa. Il partito era l'amante che la mamma tollerava e condivideva. A lei, con gli occhi stanchi, perduti nel mare di Anzio, non avrebbe potuto domandare nulla. Avrebbe cercato i vecchi compagni.

Da qualche parte dovevano pur stare, no? Era finito il partito, non quella voglia di cambiare il mondo, vero? Cambiare anche il nuovo mondo, anche ogni mondo, il mondo di ogni tempo.

Non è finita la voglia di cambiare le cose, vero Giulia?

Ora non siete tutti addormentati come ero io, vero Giulia?

Ora che sono sveglio, non voglio restare di nuovo da solo.

Dimmi che non è finito tutto, Giulia.

Ti prego, dimmelo.

Ventuno

Eraclito sosteneva che non ci si può bagnare due volte nello stesso fiume. Il che è vero se si rimane immobili. L'acqua scorre e il fiume nel quale sei immerso o ti immergi in momenti diversi è costantemente nuovo, originale, unico: perché si muove, sempre.

Ma non si può escludere che un essere, umano o animale, si muova all'identica velocità dell'acqua e dunque smentisca Eraclito.

Bisogna muoversi, quindi, non si può restare fermi. Il fiume scorre e, paradosso estremo, l'unico modo per sentirsi protetti dalla stessa acqua sta nel seguirne il flusso. Muoversi per restare nello stesso habitat.

Ai tempi del liceo, Giovanni aveva molto meditato su questo paradosso, al quale lo aveva introdotto il baffuto e corpulento professor Arcalli, docente di filosofia dalle dichiarate idee progressiste.

Quello che l'insegnante cercava di far capire agli studenti è che solo il movimento consapevole delle cose e delle idee riesce a garantire un equilibrio al mondo. Se non seguissimo la velocità dell'acqua, saremmo impossibilitati a vivere la vita come un flusso, come una continua scoperta. Saremmo immobili in un liquido – fuor di metafora, in un paesaggio umano – che ci apparirebbe sempre estraneo, forse ostile. E finiremmo per illuderci che, stando fermi, sia possibile rivivere la conoscenza e l'esperienza dell'acqua al tempo della prima immersione. O, peggio, che si possa impedire all'acqua di muoversi.

Quell'acqua ormai è lontana, in un punto ignoto, trascinata dal suo movimento. E non tornerà. Mai più.

I paesaggi nuovi sono solo il frutto del movimento. E, abbandonato Eraclito, il professor Arcalli citava, per concludere, il Carlo Marx dell'*Ideologia tedesca*: "Il comunismo non è per noi uno stato di cose che debba essere instaurato, un ideale al quale la realtà dovrà conformarsi. Chiamiamo comunismo il movimento reale che abolisce lo stato di cose presenti".

Il comunismo come flusso, come movimento. Non come porto, bensì come viaggio.

Per Giovanni, e ancora di più per Flavia, quegli ideali erano stati traditi quando dalle parole si era passati alle concrete esperienze di modelli sociali. Da ideali si erano ridotti a illusioni.

Entrambi si erano convinti che la democrazia, con le sue ingiustizie e le sue diseguaglianze, consentisse proprio quel movimento, quel viaggio. E che invece la struttura ferrea, plumbea e ossificata di ogni società comunista lo impedisse.

La democrazia era fiume, il comunismo stagno.

Tanto che la democrazia prevedeva la libertà, il comunismo realizzato la negava. Tanto che la democrazia era stata capace di mettersi alla velocità del fiume, il comunismo no.

Quei ragazzi che attraversavano felici nella notte le macerie del muro di Berlino rappresentavano agli occhi di Giovanni la conferma dell'insegnamento del professor Arcalli.

Il comunismo realizzato – ma ne esiste un altro? – aveva creduto di fermare il fiume. Il comunismo realizzato era rimasto immobile.

Il comunismo era la perduta, maestosa austerità di

un grigio muro sbriciolato. La democrazia, al contrario, era il movimento lieve e iconoclasta di quei giovani pieni di sole che saltavano oltre le macerie.

Il comunismo realizzato metteva al bando ciò che lui e Flavia amavano di più: la libertà, i diritti, l'arcobaleno delle idee e dei modi di vivere.

Erano quelli, per loro, i valori della sinistra, era quello il movimento dell'acqua al quale non potevano, non dovevano rinunciare.

Per non perdersi, per non morire.

Per non addormentarsi.

Ventidue

Quanti tipi di biscotti e merendine ci sono?

Giovanni era con Daniela al supermercato. Lei spingeva il carrello e lui si attardava, sbalordito, davanti agli scaffali. Aveva lo sguardo del visitatore di un museo d'arte contemporanea. Quel misto di ammirazione, stupore e stordimento che si può provare di fronte ai tagli di Fontana o alle superfici colorate di Rothko.

Quando era sveglio, nella sua vita precedente, luoghi analoghi a quello che ora lo stregava erano divisi in due semplici reparti: carne e pesce. Il resto era contenuto in buste di plastica anonime e preconfezionate.

La spesa si faceva prevalentemente nel negozio sotto casa o al mercato rionale, dove si trovavano, diceva sua madre, «le cose fresche, le cose buone». Lei nutriva un dichiarato disprezzo per quei cibi precotti, asettici.

I supermercati erano considerati, in verità, posti per alimenti surgelati, nel senso lato di questa definizione. Cose che provenivano da luoghi algidi e sconosciuti, prive di anima e di verità, irrigidite nel tetrapak e in sospetta plastica pressata. Tutto freddo, impersonale, muto.

Allora era piacevole scambiarsi qualche parola, sentirsi chiedere dal titolare della bottega di frutta e verdura oppure dal macellaio o dal pizzicagnolo come andava a casa.

La spesa era un'occasione di vita sociale, un modo per tessere una tela di conoscenze che trasmetteva calore, protezione. La chiusura di un negozio era percepita come l'abbattimento di un albero. I clienti si preoccupavano della salute del proprietario e dell'andamento degli affari.

Invece in quel supermercato Giovanni non udiva voci, ma solo rumori elettronici.

Guardava stupito all'uscita uomini e donne, indaffarati, intenti a parlare al cellulare, che sostavano davanti a schermi illuminati e poggiavano in fretta la merce sul piano metallico di un congegno: a ogni passaggio corrispondeva un suono e forse anche qualche parola pronunciata da una voce artificiale. Sembravano tutti abilissimi a inserire ogni prodotto in appositi sacchetti di plastica. Una volta completata l'operazione, infilavano la carta di credito in una macchinetta simile a quella che Giovanni aveva visto al ristorante, digitavano qualcosa che doveva essere un codice, ritiravano lo scontrino e andavano via.

No umani, no parole.

Nessuno che chiamasse quelle persone per nome, che chiedesse loro se il figlio era stato promosso o era partito militare.

Veloci, semplici.

Lui ricordava quando, da ragazzo, comprava il latte al bar: prima nella bottiglia di vetro, poi in confezione triangolare di cartone e persino, l'immagine tornava alla mente, in una busta di plastica flaccida da collocare in una brocca blu, venduta a modico prezzo, una volta per tutte, insieme al liquido.

Quando arrivò al reparto del latte, Giovanni si accorse di indossare lo sguardo di un cretino.

Intero, parzialmente scremato, scremato o magro, delattosato, desodato, vitaminizzato, ad alta digeribilità, di soia, di capra, di riso, di avena, di mandorla, di kamut: ne contò decine di tipi e si rese conto, un po' atterrito, che avrebbe potuto ripetere il medesimo esercizio per ogni genere alimentare.

Lo sorprese che ci fossero tanti uomini a fare la spesa.

Due di loro si stavano dicendo che il giorno dopo avrebbero visto insieme la partita della Roma. Giovanni pensò, stupito, che era venerdì. Allora prese coraggio e chiese: «Ma non si gioca domenica pomeriggio?».

I due non si meravigliarono, in fondo la domanda aveva un senso, e risposero: «No, gli anticipi sono domani sera. La Juve gioca alle 18, noi alle 20.45».

«E andrete allo stadio?»

«No, la guardiamo in televisione.»

«In televisione. È evidente» sussurrò Giovanni ma si fermò lì.

Daniela gli spiegò che ormai c'era una partita al giorno e che tutte venivano trasmesse in tv, compresi i campionati inglesi, tedeschi, spagnoli, brasiliani, francesi, olandesi e persino americani e cinesi. Gli abbonamenti permettevano inoltre di collegarsi col cellulare o con altri dispositivi, le partite ti seguivano ovunque.

"Ma è meraviglioso!" pensò Giovanni.

Ricordava i picnic con il padre, l'orecchio attaccato

al transistor, le domeniche pomeriggio a casa, in attesa del secondo tempo di una partita, una sola, che sarebbe stata trasmessa alle sette.

Gli sembrava una cosa straordinaria quella che gli era stata descritta.

Poter scegliere tutto, poter vedere tutto.

Daniela ogni tanto lo chiamava perché non si perdesse nei corridoi del supermercato, perché si sbrigasse.

La sensazione complessiva che Giovanni riportò era di fretta. Ciascuno era come pressato da un'invisibile presenza. La velocità come codice; l'accelerazione come stato permanente. Come nelle comiche cinematografiche degli anni Venti.

Mentre Daniela cercava ancora qualcosa nel reparto della pasta, incerta tra marche e formati di ogni tipo, Giovanni uscì a prendere un po' d'aria nello spazio davanti alle porte d'ingresso e sul marciapiede fu fermato, finalmente, da una voce umana.

Una gentile ragazza in camice bianco gli sorrise e, quando lui accennò a ricambiare, gli chiese a bruciapelo: «Sei vegano?».

Giovanni rimase interdetto. In primo luogo per il tu. Non si conoscevano, ma avrebbe capito, nelle settimane successive, che il lei, come in precedenza il voi fascista, era stato tacitamente abolito.

Ma non era quello il problema principale, ora.

Il problema era che non capiva cosa stesse dicendo. Indossava un camice e gli chiedeva se era vegano. Era una dottoressa? Voleva sapere se stava male? Cercò con lo sguardo Daniela, ma era ancora all'interno, intenta a scegliere tra spaghetti di riso e rigatoni trafilati al bronzo.

La ragazza considerò il suo silenzio un assenso e proseguì spietata: «Abbiamo una linea di prodotti che puoi trovare anche sui social. Abbiamo il seitan preparato con farina manitoba, pensa: si ottiene un glutine che viene cotto con tamari a lunga fermentazione e alga kombu. Oppure abbiamo dell'ottimo tofu. Ti piace il tofu? O preferisci un tempeh alle alghe? Abbiamo anche quello».

«Tempeh. È evidente.»

«L'avevo intuito subito. Non mi sembravi tipo da tofu. Vuoi ordinare online o preferisci che, più scialla, ti mando a casa un pony con la fornitura?»

«Un pony? Mettete il tempeh su un pony?»

«Certo.»

«Il pony. È evidente.»

«È da molto che sei vegano?» insistette la ragazza.

Giovanni esitò, adesso era davvero in un marasma.

Pensò per un attimo di dirle la verità, di spiegarle che non capiva di cosa accidenti stesse parlando, di confessarle che era stato in coma per trentatré anni. Per un attimo questo gli sembrò addirittura più facile che rispondere a quella insidiosa domanda.

«Comunque in zona hanno aperto troppi kebabbari. Hai visto? Tu mica ci andrai?» rincarò lei.

«Io? Mai stato. È evidente.»

«E il sushi? Ti piace? Per me è da condannare.»

Giovanni deglutì e volle stare sul sicuro: «Anche per me. È grave, molto grave. È evidente».

«Ecco, bravo. Vuoi darmi la tua mail?»

Adesso la domanda lo cacciava in un angolo, senza via d'uscita. La ragazza gli stava chiedendo di consegnarle qualcosa che lui non sapeva cosa fosse. E non voleva sbagliare.

«La mail? È evidente. Ora gliela do.» E cominciò a frugarsi nelle tasche.

Stava per domandarle se la voleva tutta in una volta o se poteva rateizzare quando, come un angelo, arrivò Daniela che disse: «Le lascio la mia, è più facile».

Una volta in auto, Daniela, divertita, gli spiegò che,

come aveva sperimentato al ristorante, era nata una nuova cultura dell'alimentazione. Si stava più attenti alla produzione di cibo, ci si preoccupava che fosse rispettosa dell'ambiente e di ogni essere, anche non umano. Si consentiva a chi avesse qualsiasi intolleranza alimentare di mangiare con cibi adatti e infine, per spiegargli cosa fossero i kebabbari e il sushi, gli indicò le strade che stavano percorrendo.

Giovanni vide le insegne di ristoranti cinesi, indiani, giapponesi, thailandesi.

Mentre tornavano a casa lui, vinto l'imbarazzo, pensò che in fondo quello che Daniela gli aveva raccontato era giusto, era bello.

Cibi prodotti nel rispetto dell'ambiente e degli animali, cibi per evitare discriminazioni, cibi espressione di culture diverse.

Per il suo sistema di valori, almeno nel mangiare, il socialismo, in questi trentatré anni, sembrava davvero essersi realizzato.

Ventitré

Quella notte Giovanni pianse. Pianse l'intera notte, disperato. Gli veniva da urlare per il dolore. Sentiva che tutto gli bruciava dentro. Il cuore, il cervello. Se c'era, l'anima.

Ogni cosa gli apparve all'improvviso insopportabile. Alla curiosità del risveglio, alla gioia di tornare vivo, allo stupore di conoscere il suo tempo si era sostituita una rabbia sorda che era diventata fiocina, coltello, spada nella gola. Avrebbe voluto gridare il suo strazio, ma sarebbe risuonato un urlo da belva sgozzata, un rantolo di fiele che diventa voce.

Si ripeteva, come l'ossessione di un incubo, che tutto era perduto.

Aveva subito sognato una scena di quando era bambino. Qualcosa che era accaduto davvero. E che lui ora ritrovava, nel sogno.

Era tornato nella soffitta in cui il suo inconscio aveva vissuto durante il lungo sonno.

Era buia, di un nero impenetrabile, che faceva paura. Lui si muoveva a tentoni in quei luoghi improvvisamente sconosciuti. Cercava la finestrella con la luce sbarazzina. Ma non la trovava. Quel buio lo impauriva, e lo rendeva disperato. In quel momento, addormentato e immerso nell'abisso di un incubo, avrebbe voluto urlare.

Le urla degli incubi sono le più inaccettabili. Vorresti liberarle, ma non ti escono, rimangono come una granata nel cuore. Ti viene voglia di strappartele da dentro, ma non puoi.

Giovanni continuava a portare il suo strazio, come un mantello, in quel dedalo di nero.

Camminava senza sapere dove stava andando e neanche dove voleva andare. Camminava cieco, in un mondo che non riconosceva. Neanche il suo buio, la sua soffitta gli erano amici, erano accoglienti con lui.

Finché la vide, la finestrella. Ma la luce non era quella brillante, vivida, dell'estate. Quella a cui era abituato. Era una luce notturna, fredda, silenziosa. Questo mutamento gli mise ancora più paura.

Man mano che si avvicinava, fendendo l'oscurità di uno spazio che forse era una piazza, sentiva crescere una musica. Non era un'orchestra, era una banda. Non risuonavano le note lievi e aperte di violini e pianoforte, ma solo la robusta e ritmica certezza degli ottoni, dei fiati, delle percussioni.

Il suono, mentre giungeva alla finestra, cresceva di volume e prendeva forma. Giovanni lo riconobbe, proprio prima di affacciarsi e guardare oltre il nero della stanza, della piazza della città. Insomma, della soffitta.

Quella musica la conosceva bene. Cominciò a cantare dentro di sé, accompagnando le note: "Ho preso la chitarra e suono per te, il tempo d'imparare non l'ho e non so suonare, ma suono per te...".

Vide un cielo pieno di stelle. Poi, abbassando lo sguardo, una piazzetta fiocamente illuminata. Lì c'era una banda di paese, tutti in camicia bianca, che suonava questa musica ripetitiva, circolare. Alle spalle di un vecchietto che sbatteva fragorosamente i piatti, con le gote rosse per lo sforzo, un bambino che lo fissava ammirato. Giovanni si riconobbe.

Voleva chiamare se stesso, ma la musica era più forte del suo grido strozzato.

Di colpo si ricordò perfettamente quel giorno. Erano in Toscana, nel paesino di origine della famiglia. Era l'estate del 1972.

Suo nonno, come tutto il "sodalizio musicale", era stato costretto da un giovane studente del conservatorio, un ragazzo cresciuto a hit parade e Sanremo, a mutare il repertorio. Le marce militari erano state ridotte a zero e si era fatta strada la musica moderna.

Il vecchio capofamiglia, muratore settantacinquenne, era smarrito. Ma in fondo nonno Umberto – a quel tempo quasi tutti i nonni si chiamavano Umberto – era contento della novità. Motivi di Mina, Patty Pravo, Celentano.

Solo il farmacista Rolando aveva abbandonato per protesta la banda e si vociferava volesse fondarne una con i vecchi brani.

Ma il pubblico del paese sembrava gradire queste innovazioni e, ascoltando le canzoni della tv, ballava allegro, mentre il vigile urbano e l'elettricista ci davano dentro con l'oboe, quando partiva *L'ora dell'amore* dei Camaleonti.

Umberto non era mai voluto uscire dal paese, non aveva mai voluto fare visita ai figli e ai nipoti a Roma. «Mi perdo, non mi sento, mi fa paura.» Non aveva mai visto altro che la piazza e le piccole vie di quel borgo medievale, ma gli bastava. Era felice, nella sua piccola vita.

Fu quella sera, finito il concerto, che suo padre Ettore prese per mano il figlio e lo portò sul poggio, dove c'era una panchina che dava sul paesaggio dolce delle colline verdi. Giovanni ora li vedeva, dalla finestrella.

Il cielo era uno spettacolo, le stelle comprendevano ogni possibile striatura del bianco ed emettevano una luce che toglieva il fiato. Intorno, silenzio. Erano solo loro. Un padre e un figlio bambino, davanti all'infinito.

«Che vuoi fare da grande, Giovanni?» chiese Ettore con dolcezza, non sempre il tono che usava più volentieri.

«Non lo so, papà. Mi piacerebbe il calciatore. Oppure il professore.»

«Professore di cosa?»

«Di geografia, pensavo. Mi piacciono il mappamondo, le mappe e mi piacerebbe viaggiare, non come nonno Umberto.»

«E come immagini il tuo futuro?»

«Vorrei una casa grande, una spider, una bella moglie, due figli maschi e vorrei che tu e mamma viveste con noi.»

«Credi che un professore di geografia si possa permettere tutto questo?»

«Dici che è meglio giocatore di calcio?»

«No, è meglio professore. Io ne sarei orgoglioso. Tuo nonno muratore, tuo padre impiegato e tu professore. Chissà tuo figlio cosa farà di fantastico...»

La scena scomparve improvvisamente agli occhi di Giovanni, come se nella soffitta qualcuno avesse spento la luce. Era sempre affacciato, ma fuori era più buio che dentro. Era sparito tutto: la banda, la piazza, il nonno, il poggio, Ettore, lui bambino.

Fu allora che l'incubo diventò intollerabile. Che il suo cuore fu strizzato da una mano forte e implacabile, che la sua gola fu invasa da quell'urlo, che i suoi occhi si aprirono come una saracinesca spalancata. Si svegliò.

Piangeva come un matto triste, cercò di urlare senza riuscirci.

Tutto era perduto. La sua vita era andata. Nulla di quello che il padre sperava per lui era accaduto. Era arrivato a cinquantatré anni senza aver realizzato nulla. Non era diventato professore, nemmeno calciatore, non possedeva una casa grande, non guidava una spider, non aveva due figli. Era un uomo senza storia, senza passato, con un domani breve e incerto.

Non aveva affetti, non aveva competenze. Non sapeva cosa fosse un vegano o un kebabbaro. Era un uomo degli anni Ottanta catapultato alla fine del secondo decennio di un altro millennio.

Si sentiva come Martin Luther King a un congresso del Ku Klux Klan. Cosa sarebbe stato il suo futuro, quel mozzicone che gli era rimasto?

Tra poco sarebbe stato vecchio e il suo passaggio sulla scena della vita avrebbe lasciato dietro di sé solo la bava di lumaca di quello stupido sonno. Mentre il mondo cambiava, i suoi genitori morivano o si perdevano, la sua donna si sposava con un altro, sua figlia cresceva, il suo partito si scioglieva; in tutto questo tempo lui che aveva fatto? Aveva dormito.

Era un fallito, senza neanche aver avuto il modo di provarci.

Aprì la finestra, per respirare l'aria che gli mancava.

Era una notte meravigliosa, sembrava di stare al poggio.

Ma da solo.

Riuscì a non gridare. Ma non riusciva a smettere di piangere.

Vide sulla mensola le chiavi dello scooter di Daniela.

Doveva averle dimenticate lì quando era tornata dal lavoro.

C'era un solo modo di fuggire quel dolore, di lenire quel grido.

Cercare.

Si mise una maglietta, dei pantaloni.

Afferrò le chiavi e uscì.

Roma, quella del 2017, lo aspettava.

Ventiquattro

Anche suor Giulia quella notte non riuscì a dormire. Anche suor Giulia quella notte ebbe un incubo.

Sognò un luogo che aveva conosciuto grazie al racconto di un'anziana consorella, suor Annunziata. Era il cimitero delle Clarisse nel Castello aragonese a Ischia Ponte. Lì era esistito, tra la fine del Cinquecento e l'inizio dell'Ottocento, un convento di monache.

Quando quelle suore morivano, il loro destino non era la sepoltura. I corpi venivano deposti in una stanza, incastrati su apposite sedie di pietra, e lasciati decomporre. I resti defluivano in un foro praticato nei sedili, chiamato sinistramente "scolatoio".

Le consorelle – era il particolare che più aveva agghiacciato Giulia – avevano l'obbligo, ogni giorno, di recarsi in preghiera davanti alle membra in putrefazione delle defunte. Questo doveva servire a prendere coscienza inequivoca della morte.

Una storia talmente incredibile che suor Giulia si era messa, come spinta da una violenta febbre interiore, a verificarne la veridicità su Internet.

Quando le erano apparse davanti agli occhi le immagini reali delle sedie di pietra aveva chiuso il portatile e aveva pianto.

Davvero la sua religione, in un qualsiasi momento della Storia, aveva permesso un simile orrore? Davvero persone che portavano la sua stessa tonaca erano state capaci di infliggere una punizione tanto orrenda a giovani donne come lei?

Quella notte sognò le sedie. Sognò quel luogo in cui non era mai stata. Vide un rivolo, liquame dal colore indecifrabile, che colava lento fuori dalla stanza maledetta, saliva sui gradini di pietra, attraversava i corridoi antichi, riempiva i viali di marmo del castello, scivolava sulle facciate imponenti, scendeva in mare, si mischiava agli oceani, tingeva tutte le acque del mondo.

Si svegliò di soprassalto, anche lei avrebbe voluto urlare. Ma era nella sua stanzetta dell'ospedale. Era nuda per il gran caldo. Se qualcuno fosse arrivato, sarebbe stato terribilmente imbarazzante.

Represse anche lei quel grido nella gola, si vestì e andò, era piena notte, nella camera dove Giovanni aveva dormito per tanto tempo.

Ora c'era un'anziana signora, colpita da un ictus. Doveva essere stata una bella donna, pensò Giulia carezzandole teneramente il viso.

Era il gesto con il quale tutti i giorni si era congedata, per più di vent'anni, da Giovanni. Gli sistemava le lenzuola, gli tirava su le coperte d'inverno. Come se potesse servire, gli preparava sempre un bicchiere d'acqua sul comodino.

Poi gli passava la mano sui capelli, di cui misurava l'incanutimento, gli sfiorava la fronte e scendeva con le dita seguendo dolcemente i lineamenti del volto: gli occhi, il naso, le labbra. Fino a percepire il calore del suo respiro.

Quel corpo immobile, vivo e assente, era il suo unico contatto fisico con l'umanità. L'unico essere umano con il quale lei potesse consentirsi una casta intimità, l'unico che potesse baciare su una guancia, di cui potesse sentire l'odore della pelle.

Ogni tanto, non c'era nulla di male, si metteva con la bocca aperta davanti alla sua e gli rapiva il respiro, lo condivideva, lo faceva suo.

Non baciava Giovanni sulle labbra, non le era mai venuto in mente. Voleva solo il suo respiro, voleva solo partecipare del suo calore. Ne aveva bisogno.

A lui, amico silenzioso, aveva confidato, nelle notti in cui lo vegliava, ansie e problemi, segreti e travagli. Aveva pianto tenendogli la mano e sorriso quando, al mattino, gli portava i fiori raccolti nel giardino dell'ospedale. "Fanno allegria" pensava.

Insieme avevano ascoltato la musica che Giovanni aveva amato da ragazzo: *La donna cannone*, *Vita spericolata*, poi Bruce Springsteen e Lucio Dalla, i suoi preferiti. Qualche volta lei gli metteva uno degli auricolari, l'altro era nel suo orecchio sinistro, per sentire, *Cara*, il pezzo che Flavia le aveva detto essere il "loro", quello che sentivano quando facevano l'amore.

"Cosa ho davanti, non riesco più a parlare
dimmi cosa ti piace, non riesco a capire,
dove vorresti andare
vuoi andare a dormire.
Quanti capelli che hai, non si riesce a contare."

Quando Lucio Dalla cantava quel verso, "Quanti capelli che hai", lei lo guardava e glieli sistemava. Giovanni, pur non muovendosi, era sempre spettinato.

Poi Giulia andava a dormire.
"Buonanotte, anima mia.
Adesso spengo la luce e così sia."

Erano passati giorni, mesi, anni. Per questo certe volte la suora non si capacitava ancora che Giovanni le potesse parlare, le rivolgesse domande.

Come quella che le pose sconcertato, in uno dei giorni che avevano passato insieme ricostruendo cosa era successo in Italia e nel mondo durante la sua prolungata assenza.

«Davvero non ci sono più la Dc, il Pri, il Psdi, il Pli? Davvero non c'è più il Msi? E Craxi, Andreotti, Cossiga?»

Giulia si sforzava di essere obiettiva: i fatti separati dalle opinioni.

Lui la ascoltava allibito, com'era possibile che tutto fosse cambiato? Neppure uno dei partiti che avevano fatto la storia italiana era sopravvissuto. Era rimasto solo il Psi con il suo nome, ma non era certo più quello degli anni Ottanta.

Lei gli raccontò di Tangentopoli, delle udienze di Craxi e Forlani nei processi; dell'accusa di mafia ad Andreotti, dei suicidi di politici e amministratori negli anni delle accuse dei magistrati di Milano, dell'esilio di Craxi. Gli disse dei delitti di mafia. Poi il susseguirsi dei governi, la svalutazione della lira, i cappi sventolati alla Camera dal partito di Umberto Bossi.

«Da chi? La Lega Nord? E chi sono?»

Gli disse di Berlusconi, Presidente del Consiglio.

«Berlusconi? Quello delle televisioni?»

Gli disse di Prodi, dell'Ulivo, di Scalfaro, Ciampi e Napolitano Presidenti della Repubblica.

«Napolitano, Presidente? Papà sarebbe stato contento.»

Gli raccontò compiutamente del muro di Berlino, della riunificazione della Germania, della morte di Ceaușescu, di Solidarność, del golpe in Russia, della fine dell'Urss e della Jugoslavia, della guerra nei Balcani. Di quella in Kuwait. Gli spiegò la morte di Palme e quella di Rabin.

Gli mostrò le immagini del muro che cadeva e di piazza Tienanmen. Poi gli parlò di Chernobyl. Lo stupì con la pecora Dolly. Lo scosse con la morte di Lady Diana. Con le prime dimissioni di un papa. Con la crisi economica del 2008 e le sue conseguenze sulla vita dell'Occidente.

Lo vide piangere a dirotto davanti alle sequenze

delle torri del World Trade Center che cadevano e delle persone che si gettavano dalle finestre dei grattacieli. Giovanni non smise di disperarsi, quel giorno fu drammatico di fronte alle altre stragi terroristiche: Charlie Hebdo, Bataclan, Nizza...

Ebbe paura del tempo in cui era tornato. Quella sera si raccolse sul divano come in posizione fetale, e si addormentò. Forse sperava di tornare nella sua soffitta e non rivedere più i bagliori sinistri della contemporaneità.

Di quel mondo, metà Disneyland e metà mattatoio, che non conosceva e non capiva.

Giulia, come succedeva in ospedale, lo coprì con una coperta e gli carezzò la testa.

Ma non se ne andò.

Aveva paura che si svegliasse e si sentisse straniero nel suo tempo.

Si accoccolò su una poltrona e attese, così, che venisse la luce.

Venticinque

Quando salì sullo scooter di Daniela, a Giovanni sembrò di non essere mai sceso da quello di Flavia. Da ragazzi, lei era molto più veloce di lui, che arrancava per i sette colli con il Ciao arancione. Allora ogni tanto gli permetteva, perché provasse l'ebbrezza della velocità, di guidare la sua Vespa azzurra.

Accendere lo scooter era più facile, ora, e l'assenza di marce richiedeva al guidatore l'unica virtù di saper stare in equilibrio. Ma lui aveva dormito, non si era rincoglionito. Almeno non del tutto.

Stava in equilibrio e, appena partì, avvertì la stessa sensazione di potere e libertà conosciuta mentre, negli spaziosi e deserti parcheggi del Flaminio, aveva provato sotto lo sguardo vigile di Ettore a farsi portare lontano dal suo nuovo, fiammante Ciao.

Proprio lì voleva tornare, per prima cosa. La strada la conosceva. La città non era cambiata, non poteva essere cambiata. Almeno Roma.

Da via di Villa Albani, passando per via Pinciana, raggiunse via Paisiello, poi via Antonelli, imboccò piazza Euclide e girò a sinistra su viale Maresciallo Pilsudski. Voleva raggiungere la casa dove abitava quando tutto successe.

Si trovava in via Gran Bretagna, dove si favoleggiava avessero alloggiato i pochi atleti islandesi delle Olimpiadi del 1960. In particolare si diceva che nel loro appartamento avesse soggiornato il portabandiera della nazionale d'Islanda, Pétur Rögnvaldsson, che aveva corso i 110 ostacoli essendo eliminato in batteria. Con il nome d'arte di Peter Ronson, l'anno prima l'atleta era comparso tra i protagonisti del leggendario film *Viaggio al centro della Terra*, in cui interpretava la parte di Hans, per l'appunto "l'Islandese".

Ettore era molto fiero del precedente inquilino e per questo aveva comprato una gigantesca bandiera islandese che campeggiava, tra lo stupore degli ospiti, nella camera da pranzo.

Erano circa le tre e mezza quando Giovanni arrivò sotto la sua casa. L'aveva cercata ansiosamente con lo sguardo e ora era lì. Individuò subito la finestra della sua stanza e quelle della camera dei genitori. E sotto i piloni che reggevano la forma a palafitta degli alloggi olimpici, ritrovò il punto esatto dove lasciava sempre il Ciao, sicuro che nessuno lo avrebbe rubato.

Posteggiò nello stesso luogo lo scooter di Daniela, scese e raggiunse l'androne. Era tutto come allora. Si rivide bambino mentre si precipitava giù dalle scale con la cartella della scuola ancora da chiudere e rivide i suoi prepararsi alla rituale passeggiata nei parcheggi vuoti dello stadio Flaminio.

Si voltò per cercare quello stesso spazio, ma i suoi occhi lo trovarono occupato. C'erano tre grandi edifici a forma di scarabeo e una piazza che li collegava.

Il vuoto si era fatto pieno. Ne avrebbe chiesto conto a Daniela.

Montò di nuovo sullo scooter. L'aria era fresca, la città deserta per l'estate avanzata. Solo un tipo, anche lui con un tatuaggio, che lo aveva superato con l'automobile gli aveva gridato: «Metti il casco che ti fanno la multa!». Ma lui non aveva capito di cosa stesse parlando. Gli piaceva il vento della notte tra i capelli. Anche se erano più radi e più bianchi di quando li scompigliava, mentre sfrecciava, si fa per dire, con il Ciao.

Voleva riprendersi la sua città, quella notte. Voleva trasformare i suoi incubi in sogno. Si era svegliato in un non luogo, lo avevano rimesso in sesto fisicamente in un non luogo, lo tenevano, per spiegargli com'era diventato il mondo, in un non luogo.

Ma quella città era il suo luogo. Lì erano le sue radici, i suoi ricordi, l'unico tempo che avesse la possibilità di ricordare. Passò da via Flaminia e si dispiacque di non trovare il cinema Arlecchino con la tettoia allegra e colorata. D'altra parte, ora se ne rendeva conto, al posto dell'insegna ROUGE ET NOIR, a via Salaria, aveva visto quella di una sala chiamata BINGO.

Decise così di cercare, nella notte, i cinema dove aveva visto i film più importanti della sua vita.

Novecento all'Étoile, ora sparito. *Professione: reporter* all'Embassy, sparito. *Il cacciatore* all'Holiday, supermercato. *Ballando ballando* al Gioiello, banca. *Il grande freddo* al Triomphe: adesso c'era un'insegna MCCAFÈ.

Passò davanti al suo liceo, il Lucrezio Caro, alla sua scuola media e a quella elementare. Poi decise di fare quello a cui pensava dal primo giorno in cui Giulia gli aveva parlato.

Arrivò in via delle Botteghe Oscure. Ricordava ogni

momento vissuto lì in quei giorni. Quel canto, quelle persone, quelle bandiere.

Stava albeggiando, ma le strade erano ancora deserte. Salvo strani individui che correvano in maglietta, pantaloncini e qualcosa che pendeva dalle orecchie, sembravano sottili fili di collegamento.

Anche la sede della direzione del Pci aveva un aspetto spettrale. Il portone era lo stesso. Ma le bandiere non c'erano più.

Giovanni, dodicenne, era stato lì col padre e aveva ascoltato con emozione Berlinguer parlare dal balcone del primo piano. Quel balcone, adesso deserto, sotto il quale tante persone avevano festeggiato la notte in cui il Pci avanzò nelle elezioni e tutti erano felici.

Ora, sul portone di via delle Botteghe Oscure 4, c'era un citofono, con su scritto: ABI, ASSOCIAZIONE BANCARIA ITALIANA.

La libreria Rinascita, dove con Flavia passavano ore a scegliere libri che non avevano i soldi per comprare, non ospitava più in vetrina le copertine bianche con la riga rossa della collana Le idee degli Editori Riuniti, né i saggi Einaudi con il quadrato vermiglio e neppure quelli con la rilegatura in cartoncino di Laterza.

Ora un manifesto magnificava una impareggiabile offerta di hamburger, patatine e birra a un prezzo modico.

Giovanni alzò la testa e vide la scritta: PAM LOCAL. Capì che dove si vendevano libri adesso si vendevano cibi.

Nei locali in cui Ettore gli diceva si trovasse il potente ufficio stampa del Pci ora campeggiava l'insegna di TONI&GUY, un parrucchiere che doveva essere alla moda.

Si spaventò che tutto questo gli sembrasse triste, ma normale.

Percorrendo via dell'Aracoeli, passò dalla vicina sede della Dc, in piazza del Gesù. Notò che ora ospitava una "Commissione di garanzia per l'attuazione del diritto di sciopero nei servizi pubblici essenziali".

Pensò che le Brigate Rosse, lasciando il corpo di Aldo Moro a metà strada tra le direzioni nazionali di Dc e Pci, volevano, alla fine degli anni Settanta, dare un segnale ai partiti che stavano costruendo con fatica il compromesso storico.

Se lo avessero fatto oggi, avrebbero collocato quel corpo martoriato tra una associazione di banchieri e un'autorità volta a contenere gli scioperi.

C'era un'ultima cosa che doveva fare, prima che Daniela si svegliasse e si accorgesse della sua "fuga".

Andò in piazza San Giovanni.

Dove tutto era finito.

Non si era interrotto, era finito.

Rifece il percorso che quel giorno, con Flavia ed Ettore, lo aveva portato a ridosso del maledetto striscione.

Si mise lì, dove ricordava di essersi fermato, un attimo prima che la Iotti iniziasse a parlare.

Respirò forte.

Non c'era più nessuno.

Non c'erano più le persone che piangevano, non c'erano i compagni, non c'erano le bandiere, non c'era nulla di collettivo, di emozionante.

Solo una piazza deserta.

Non c'era Ettore.

Non c'era Flavia.

Non c'era Francesca.

Non c'era nessuno.

Non c'era niente.

Il passato era passato.

Non gli restava che il futuro.

Ventisei

Enrico, mentre studiava il mistero dell'ultimo teorema di Fermat, si stava chiedendo se avrebbe trovato un amico con il quale, quella sera, andare alla basilica di Massenzio ad ascoltare una conferenza di Emmanuel Carrère, il suo scrittore preferito.

Gli esami di terza media, brillantemente superati, e la prospettiva del ginnasio gli conferivano l'inebriante sensazione di un nuovo inizio. Come se fosse un computer da riprogrammare. Come passare da Pc a Mac. Stava diventando grande.

Presto gli sarebbe stato chiesto, dalle convenzioni della vita presente, di coltivare sensate passioni, cariche di promesse per un brillante futuro lavorativo, si sarebbero contati i suoi follower sui social network per misurarne la capacità relazionale. Sarebbe stato invitato a vivaci apericena e avrebbe dovuto fotografarsi, da solo, in luoghi e pose tali da ottenere un significativo numero di like su Instagram e Facebook.

Aveva visto in televisione un episodio della serie *Black Mirror*, ambientato in un futuro prossimo, in cui gli individui erano valutati solo sulla base dei like e a questi corrispondeva uno status sociale, psicologico e di reddito. Una forma di divisione di classe fondata sulla capacità di produrre l'accettazione degli altri.

Essere popolari per essere vivi.

Quell'apologo lo aveva molto impressionato e aveva rafforzato in lui la percezione di estraneità che sentiva crescere dentro di sé da un po' di tempo.

Sia chiaro: Enrico aveva piena consapevolezza di tutte le tecnologie, tutte le frequentava e tutte cercava di comprendere. Non si metteva fuori dal mondo. Eppure, se non fosse stato presuntuoso pensarlo, si sentiva più maturo del flusso di parole che si muoveva nella Rete. Si sentiva, lui, adulto in un mondo bambino.

Le foto esibite, i proclami gridati, i post infantili, gli insulti erogati erga omnes, il "pappagallismo" delle chat dedicate alla ricerca di amici o fidanzate, l'educazione sessuale affidata a immagini tanto esplicite da risultare persino respingenti: gli sembrava un universo a parte, una specie di circo individuale.

Quando aveva nove anni, Daniela l'aveva portato a uno spettacolo del più piccolo circo del mondo. Erano solo in tre e facevano qualsiasi cosa: i clown, gli acrobati, i giocolieri, i tecnici, i montatori, gli autisti, gli elettricisti.

Così gli appariva la Rete, dove ciascuno credeva di poter essere tutto: governatore della banca europea, allenatore della squadra del cuore, presidente del consiglio, critico televisivo, cuoco stellato, amante raffinato, fustigatore della morale pubblica, filosofo, predicatore, comico, poliziotto, critico d'arte, magistrato, giornalista, pilota, viaggiatore, dottore.

"E nel nome del progresso
il dibattito sia aperto, parleranno tutti quanti
dotti, medici e sapienti."

Lui era forse piccolo, inadeguato, parziale. Ma avvertiva proprio questo come il suo essere vivo. Il suo farsi grande.

Non avrebbe visto e commentato il mondo, lo avrebbe cambiato. Era questo il suo programma di crescita. Così sarebbe voluto diventare adulto.

Ma senza rifiutare le tecnologie. No, troppo facile.

Reazione bambina a un mondo bambino. Non sarebbe fuggito dal circo più piccolo del mondo. Lo avrebbe conosciuto fino in fondo, ne avrebbe utilizzato tutte le possibilità, tutti gli spazi per trasformarlo nella migliore delle vite possibili.

«A me, sono sincero, sembra un mondo meraviglioso, Enrico» gli aveva detto uno stupito Giovanni il giorno in cui il ragazzo gli aveva spiegato che cosa erano e come funzionavano le mail, Google, YouTube, Wikipedia, Spotify, Netflix, Trivago, eBay, Expedia... Poi l'aveva introdotto nell'universo di Facebook, Twitter e Instagram.

Infine, gli aveva raccontato i mutamenti essenziali nella vita quotidiana: il treno che impiega tre ore per andare da Roma a Milano, i voli per Parigi a 39 euro, Airbnb che consente di prenotare una casa in ogni luogo del pianeta, i cinema, i concerti, i biglietti di viaggio che possono essere acquistati dal computer o col telefonino, con un clic.

Giovanni era entusiasta: «Tu sei ragazzo, lo sono stato anch'io. Posso dirti com'era la mia vita alla tua età? Lo racconto perché tu possa misurare, come ora sono costretto a fare io, quanto il mondo ha corso veloce.

Per studiare avevo solo i libri che mio padre poteva consentirsi di comprare. Al massimo un'enciclopedia. Ora tu, se ho capito bene, puoi accedere a buona parte del sapere del mondo. Noi viaggiavamo poco. Era difficile, costoso. E lento. Per andare a Milano ci volevano cinque ore e mezza. Un film non potevamo possederlo, potevamo solo vederlo, come afferrare una farfalla che passa. La musica, la televisione, la sceglievano gli altri per noi. Era poca e comunque subìta. Acquistavamo i dischi, ma solo quelli che potevamo permetterci. Conoscevamo solo le persone che era possibile frequentare. Ora, sempre se ho capito, tu puoi parlare a distanza e all'istante con altri ragazzi in ogni parte del pianeta. Puoi avere migliaia di amici, non dieci come ne avevamo noi. Noi per comunicare ci scrivevamo lettere che impiegavano giorni per arrivare.

Tu puoi discutere di tutto con tutti, in ogni momento. Puoi sapere ciò che accade nell'attimo esatto in cui accade.

Mi hai spiegato che se vuoi cercare persone, oggetti, luoghi del passato, questi possono tornare a vivere con te. Puoi archiviare le foto, i film, le cose che scrivi, persino le pratiche burocratiche.

Voi siete ubiqui.

Siete veloci, semplici.

Noi non potevamo prescindere dalla presenza fisica, impiegavamo molto tempo per fare tutto. Adesso una persona potrebbe studiare o lavorare senza muoversi da casa, vero? Quanto tempo avete risparmiato e, spero, utilizzato per essere più colti, migliori, per dedicarvi alle vostre passioni, per vivere insieme la vita…

Siete l'umanità liberata, altroché.

Sai a me quanto sembrava lontano, grande, inarrivabile il resto del pianeta? Ora voi siete in ogni luogo.

Vivete volando e non ve ne accorgete.

Siete Icaro che ce l'ha fatta.

È una meraviglia, Enrico. Ed è per tutti. Un mondo senza discriminazioni sociali, sessuali, culturali. Un mondo senza solitudine. È impossibile sentirsi soli se si è collegati con chiunque, sempre.

E, ci pensavo in questi giorni, credo che voi abbiate, a differenza di ogni altra generazione nella Storia, la possibilità più rara e preziosa della vita umana: scegliere.

Scegliere ogni cosa: la canzone più sconosciuta, il cibo più sofisticato, l'amicizia più impensabile.

E come possono i terroristi, quelli che Giulia mi ha mostrato in televisione, rifiutare questo mondo nuovo, la sua immensa, sconfinata libertà? Come possono volere che tutto sia di un colore solo, quando per la prima volta nella storia dell'umanità l'arcobaleno è disponibile per ciascuno?

Non avete più dittature, quelle contro le quali abbiamo combattuto noi. Siete liberi in ogni campo. Perché vogliono bucare questa sacca dell'acqua e condannarci a tornare assetati nel deserto?

Quando noi lo traversavamo con la gola arsa e non avevamo più la forza neanche di gridare, queste cose ci apparivano come un miraggio.

Ora lo so.

Non erano un miraggio, erano il futuro».

Enrico scosse la testa.

«Non capisco, Giovanni. Io sono un bambino. O forse lo ero. Sto diventando altro, e sono confuso.

Però non sono contento. Anzi, non sono sicuro. Quello che a te sembra una meravigliosa novità, per me è naturale.

Io sono nato e cresciuto in questo tempo, ho cominciato a giocare con la PlayStation, poi con l'iPad. Il mondo non è mai stato fermo, davanti ai miei occhi.

Mamma mi ha raccontato di quando era piccola e

giocava a Monopoli con tre amiche, il massimo del movimento era spostare il segnalino. Vuoi che non capisca quanto sia fortunato a essere collegato sempre con tutti? A giocare partite di calcio alla Play con gente che non conosco dall'altra parte della Terra?

Come ultimo tema delle medie il professore di italiano ci ha assegnato proprio una riflessione sul nostro futuro nell'universo tecnologico. Poi ne abbiamo discusso in classe.»

Prese un foglio protocollo da un cassetto, era pieno di cancellature e riscritture. «Te ne leggo una parte: "Tutti oggi hanno fretta, tutti sembrano insieme appagati e furiosi. Si beano di questa Rete che regala l'illusione di non essere soli, ma sanno benissimo che hanno perduto ogni dimensione collettiva. Non si fa più nulla, insieme. Ognuno pensa che ciò che dice o scrive sia decisivo ma sa, in cuor suo, che è inutile.

Tutti soli, ma insieme. Siamo veloci, ma superficiali. Siamo semplici perché le cose complicate ci spaventano. Perché richiedono fatica, studio, esperienza, rigore. La violenza è ovunque. Sì, siamo liberi di fare qualunque cosa. Ma usiamo questa libertà per alimentare odi e paure. Siamo la generazione più spaventata dal futuro che sia esistita. Abbiamo paura dei terroristi, delle catastrofi ecologiche, del lavoro che non troveremo, di chi è diverso da noi, forse di noi stessi. Siamo fragili, interconnessi ma fragili".»

Smise di leggere e si interruppe per un istante. Poi aggiunse: «Al professore è piaciuto questo tema ma lui, come te, è appassionato di tecnologie e passa il tempo a pubblicare foto su Instagram. Qualcuno dice di averlo beccato su un sito di incontri, che cercava una donna».

«Cos'è un sito di incontri?» domandò timidamente Giovanni.

Enrico si imbarazzò, disse di chiederlo a sua madre e che comunque erano dei luoghi dove le persone si cercavano e si sceglievano. Per una notte o per una vita.

«Voi avevate di meno, ma speravate di più. Noi abbiamo tanto, ma abbiamo paura.

Mamma mi ha raccontato di te e allora sono andato a vedere su YouTube di Berlinguer e di quegli anni. È bellissimo che voi abbiate vissuto quelle manifestazioni, quell'entusiasmo.»

«C'erano anche tante illusioni e tante delusioni, Enrico. E pure tanta violenza. Ma è vero che erano giorni affollati di energia e di sogni.»

«Almeno tu li hai vissuti. Io li ho visti, da solo, sullo schermo di un computer. E vi ho invidiato.»

«Tu invidi i nostri sogni, io invidio la vostra realtà. Chi avrà ragione?»

«Spero tu, temo io» concluse sorridendo Enrico.

Ventisette

Stettero occhi negli occhi, a lungo.

Il suo era uno sguardo sorpreso, l'altro altezzoso, quasi sprezzante.

Uno era lo sguardo allibito di Giovanni. L'altro quello di un enorme gabbiano, appollaiato su un cassonetto semiaperto.

L'animale aveva la bocca sporca di sangue e a terra giaceva, ancora rantolante, il cadavere di un piccione.

Nasceva il giorno e Giovanni era uscito per una passeggiata, aveva bisogno di pensare.

Si era vestito come le persone che vedeva correre a ogni ora. La maglietta e i pantaloncini erano quelli usati durante la riabilitazione, e le scarpe da ginnastica, «da running» lo aveva corretto Enrico, quelle del bambino che, evoluzione della specie, aveva a tredici anni la stessa misura che aveva lui a venti. O, meglio, a cinquantatré.

Si sentiva ridicolo, una specie di boyscout invecchiato.

Da piccolo aveva messo presto i pantaloni lunghi, e non li aveva più tolti. Ricordava il giorno in cui il passaggio era avvenuto.

Avrà avuto cinque anni. Ettore e Maria lo avevano portato al centro di Roma per mostrargli la meraviglia del Colosseo, del Foro, poi lo avevano condotto, orgogliosi, in un luogo che non avrebbe mai più dimenticato, tanto lo aveva sconvolto.

Su via del Teatro Marcello, come si chiama l'arteria che accompagna le pendici del Campidoglio, c'erano due gabbie. Erano quasi nascoste nei giardini che, venendo dall'Aracoeli, si trovano a sinistra.

In una stazionava, afflitta, un'aquila che non aveva spazio per quello che le aquile devono e sanno fare: volare. Giovanni fissava quegli occhi. Gli sembravano stanchi, annoiati, imprigionati.

Ma l'attenzione del bambino, e le grida entusiaste del padre e dei turisti eccitati, erano però concentrate sull'altro recinto di sbarre. Ettore aveva detto al figlio qualcosa circa due fratelli, fondatori della città, e la lupa che li avrebbe allattati. Circostanza che a Giovanni appariva bizzarra.

Comunque in quella gabbia c'era proprio una lupa che camminava avanti e indietro, anima in pena. Se l'aquila doveva volare, la lupa doveva correre. Giovanni non era certo un etologo, ma lo capiva.

Gli animali non sono fatti per essere prigionieri. Perciò non era mai voluto tornare, dopo una prima volta che lo aveva intristito, allo zoo, per lui una prigione per bestie innocenti.

La lupa non era triste, come l'aquila. Era arrabbiata e fissava con odio gli ammiratori della sua tortura.

Arrivò un tipo in tuta che lanciò nella gabbia un pezzo di carne sanguinolenta sulla quale l'animale si avventò. I turisti fotografavano la fiera che sembrava dire: Non mi lasciate neanche mangiare in pace?

A un certo punto si fermò e, rivolta al pubblico berciante, mostrò la bocca aperta. Come per provocare.

Dentro, un impasto di sangue e saliva, di ossa e fiele. Giovanni saltò all'indietro, atterrito, e fu il suo primo impatto con l'orrore.

Il giorno dopo, per farsi perdonare, Ettore gli regalò dei pantaloni lunghi, comprati all'Upim. Avevano persino il risvolto e le tasche. Giovanni ne fu fiero e non tornò più a mostrare il ginocchio.

Ma quello stesso orrore stava rivivendo ora, davanti al gabbiano. Che, a differenza dell'aquila e della lupa, era libero. Avrebbe potuto volare, magnifico, sul mare e mangiare i pesci, come il codice genetico, frutto di milioni di anni, aveva insegnato alla sua specie.

Invece se ne stava lì, tronfio e carnivoro. Contento di aver sbranato un piccione e desideroso di affondare il becco, profanandolo, nella sporcizia dei rifiuti umani.

Quel gabbiano imponeva la sua presenza. Si sentiva simbolo.

La lupa aveva allattato una coppia di bambini, venendo meno alla sua identità di animale.

E l'uomo l'aveva rinchiusa in una gabbia.

Il gabbiano straziava i corpi di suoi simili e si alimentava di immondizia.

E l'uomo glielo lasciava fare.

Una donava, l'altro prendeva.

In mezzo, il tempo.

Giovanni camminava lungo il viale in discesa che parte dalla Galleria Borghese. Lui la ricordava chiusa per lavori. Camminava ma, vedendo che tutti, intorno a lui, correvano, si mise a imitarli. Si sarebbe sentito diverso, altrimenti. Ripensava alla discussione con Enrico.

Corse prima piano, poi sempre più veloce. Veloce, sia chiaro, per uno che aveva dormito per tre decenni.

Non sapeva perché, non sapeva dove stava andando, ma correva. Era la prima volta. Era il riconoscimento di essere tornato in salute, di essere come gli altri. Gli altri che lo superavano, auricolari piantati nelle orecchie, senza degnarlo di uno sguardo.

Lui, forse per la gioia ritrovata delle gambe che funzionavano normalmente, sorrideva a tutti.

Pensò che la principale differenza tra le due fasi della sua vita era la misura del tempo.

Aveva trovato a casa dei ritagli di articoli sottolineati da Daniela con un pennarello giallo. Erano stati pubblicati su una rivista che lei leggeva, evidentemente, per aggiornamento professionale: "Mente e cervello".

Il professor Jean-Claude Dreher scriveva: "Abbiamo sempre più difficoltà ad aspettare: davanti a uno sportello, di fronte a un computer che impiega troppo tempo ad avviarsi, quando l'autobus è in ritardo, perdiamo la pazienza. Stiamo diventando dipendenti dalla velocità?".

In un altro contributo, Nicole Aubert aveva sottolineato come "Racchiuso in una temporalità ultracorta, iperconnesso, soggetto all'ordine di velocizzare sempre più il suo lavoro, l'individuo contemporaneo vive in un rapporto compulsivo con l'istante presente senza più proiettarsi nel futuro".

E il sociologo Richard Sennett, citato, denunciava "l'impossibilità di viver valori a lungo termine – fedeltà, impegno, lealtà – in una società che si interessa solo all'immediato e nella quale le esigenze di flessibilità generalizzata impediscono di intrattenere rapporti sociali durevoli e di provare un sentimento di continuità di sé... L'angoscia del tempo spinge le persone a sfiorare le cose, più che ad attardarsi su di esse".

Christophe André così concludeva, parlando della "alienazione da tempo": "È più insidiosa perché in un primo momento sembra accrescere il nostro potere: capacità di spostamenti più veloci, possibilità di contatti con altri più rapidi grazie a telefono e Internet, accesso più semplice a qualsiasi genere di informazione. Al tempo stesso, però, modifica profondamente il nostro modo di riflettere. I pensieri sono sempre più brevi e superficiali, perché più spesso interrotti da sollecitazioni di varia natura, e gli obiettivi che ciascuno si pone vengono sostituiti di frequente da nuove richieste".

Dunque la società infelice che Enrico gli aveva descritto era il prodotto di questa contraddizione tra le possibilità evocate da un mondo, veloce e interconnesso e la sensazione di precarietà, superficialità, di ogni relazione umana.

La memoria è fuori di noi, nel computer. Il futuro è incompatibile con l'istante e tutto si trasforma in domande, di consumo e di relazione, che sostituiscono frettolosamente i sogni e i progetti.

Gli vennero in mente i Lotofagi, il popolo della Cirenaica che accolse Ulisse e i suoi marinai dopo una tempesta. Erano gentili, seduttivi, offrivano da mangiare un fiore che cancellava i ricordi. Ulisse portò via la sua ciurma prima che si perdesse del tutto, perché era una guida, conosceva gli uomini e prevedeva il futuro.

Un saggista francese, Jean-Pierre Vernant, aveva parlato così di quel passo dell'*Odissea*: "Se un umano assaggia il loto, per lui è l'oblio. Non ricorda più il proprio passato, dimentica immediatamente chi è, da dove viene, dove va. Colui che assimila il loto smette di vivere come un essere umano che porta in sé il ricordo del passato e la coscienza della propria identità... Appaiono anestetizzati in una sorta di beatitudine che paralizza ogni ricordo. Sognano soltanto di restare là dove sono, così come sono, senza più legami, senza più passato, senza alcun progetto".

Chi era dunque l'uomo contemporaneo? Icaro che ce l'ha fatta o i marinai, privi di Ulisse, che mangiano loto senza consapevolezza?

Ma a Giovanni, quel presente contraddittorio e caotico, pieno di possibilità e strumenti, sembrava comunque un tempo vitale.

L'essere un neofita della contemporaneità gli consentiva di apprezzarne la meraviglia, le opportunità dischiuse a ognuno.

Forse c'era qualcosa per cui valeva la pena riprendere il cammino, non restare addormentati, ma svegli.

Far passare gli uomini dalla cruna dell'ago di questo cambiamento perché si ritrovino migliori. Come mettere in mano a un bambino i Lego e insegnargli che non si tirano sulla testa del proprio compagno di giochi.

Accettare la modernità, ma cercare di favorirne l'umanità. Essere insieme veloci e profondi. Amare la libertà degli uomini, e i loro diritti sociali e civili.

Forse Ettore avrebbe detto che questo rappresentava la continuazione delle battaglie di Spartaco per liberare gli ultimi dalle catene.

E, del resto, cos'altro c'era da fare? Abbaiare alla luna?

Come diceva Lao Tse: "Meglio accendere una candela che maledire il buio".

Lui, Giovanni, era l'uomo sospeso. La sua vita col buco lo spingeva ad avere fretta, ma lo sollecitava anche ad assaporare ogni gioia. Forse, per paradosso, caduto dalla Luna, poteva essere proprio lui un prototipo dell'uomo moderno.

Non aveva le scorie del viaggio.

Guardava la meraviglia del paesaggio e sentiva di avere voglia e forza per iniziare un nuovo cammino.

Ventotto

Una mattina Daniela accompagnò Giovanni a una delle visite specialistiche alle quali doveva essere periodicamente sottoposto. Quel giorno toccò all'urologo, un rinomato primario con studio ai Parioli.

Arrivarono in anticipo o forse il medico era in ritardo, l'infermiera li informò che dovevano aspettare. Daniela ne approfittò per sbrigare qualche commissione e lasciò Giovanni nella sala d'attesa.

Poco dopo sopraggiunse un altro paziente, un signore un po' anziano, brizzolato, aitante con pancetta, che però portava bene i suoi anni. Si sedette e prese a fissare insistentemente Giovanni che, sentendosi osservato, affondava lo sguardo nella interessante lettura di una concettuosa rivista trovata su un tavolino, "Cavalli e fattorie".

Ma ci voleva ben altro per scoraggiare il tipo.

«È molto che aspetta?» chiese a Giovanni.

«No, non tanto.»

«Eh sì, qui si viene per farsi dare una bella controllata, tipo un pit stop ai box» aggiunse quello.

«Pit box. È evidente.»

«No, pit stop» lo corresse l'altro, con un sorriso complice. «Mi dica la verità, siamo tra uomini, tutto a posto?»

Giovanni trasalì. Non capiva. Rispose solo: «Direi di sì».

«Sia sincero, le prende anche lei le pillole blu?»

In effetti Daniela da un po' di tempo gli somministrava delle compresse di Mictasol Bleu, che servivano per regolarizzare il flusso dell'urina. Decenni di catetere avevano lasciato il segno.

«Sì, sì. Le prendo da un po'.»

«E funzionano bene?»

«Mi pare di sì» sussurrò Giovanni sperando che l'interrogatorio finisse.

«Son contento. E quante ne prende?»

«Tre al giorno.»

«Eh, la Madonna!»

«Poche o troppe?»

«Le sembrano anche poche?»

«Mi sembra la dose giusta. Me le hanno prescritte così.»

«Ma perché, mi scusi, lei quante se ne fa al giorno?»

«Ma', più o meno cinque o sei.»

«Davvero? Accipicchia!»

«È che la notte mi ci sveglio e se non lo faccio almeno due volte non riesco a dormire» aggiunse onestamente Giovanni.

«Caspita, un satanasso! Visto che siamo entrati in confidenza: lei come lo fa? Ci sono tanti modi...»

«Se proprio vuole saperlo, io preferisco seduto» fu costretto a confessare Giovanni.

«Ah, be'. In effetti è più comodo. Io preferisco in piedi, ma ognuno ha i suoi gusti.» L'altro non riusciva a placare la curiosità e tornò alla carica: «Mi scusi ancora, sa, tra di noi ci si informa: ma lei tutte queste volte le fa sempre con sua moglie?».

«Non sono sposato.»

«Ah, è single?»

«Come dice?»

«Single, scapolo.»

«Ah, scapolo. Sì.»

«Quindi deve esserci un andirivieni tutto il giorno,

a casa sua» considerò il tipo mostrando un sorriso non irreprensibile.

«Le ho detto. Cinque o sei volte al giorno. E sono anche lunghe, se proprio le interessa.»

In quel momento si aprì la porta dello studio e apparve il dottore.

«Carissimo, entri. Mi hanno parlato molto di lei…» disse rivolto a Giovanni, che salutò l'altro signore e si avviò verso la stanza della visita.

«Gli hanno parlato di lui… Lo credo» bofonchiò pieno d'invidia il curioso.

Quando, sulla strada del ritorno, Giovanni raccontò a Daniela la conversazione, lei dovette fermare l'auto tanto le veniva da ridere.

Fu così che lui apprese l'esistenza e la finalità, nel nuovo tempo del mondo, di pilloline blu chiamate Viagra.

Era il giorno delle scoperte.

Salendo in macchina si era reso conto che c'era un'altra voce, oltre alla sua e a quella di Daniela. Si ricordò di averla già sentita, anche se per un attimo, la notte che lo avevano trasferito dall'ospedale alla casa di cura. Una voce dal suono metallico, che descriveva l'itinerario per raggiungere la destinazione: «Svolta a destra tra cinquecento metri», «Ricalcolo il tragitto», «Traffico intenso».

Giovanni era allibito. Da ragazzo, se ignorava dove fosse una via, chiedeva ai pedoni o a un vigile, oppure consultava febbrilmente lo stradario, quello che consegnavano ogni due anni insieme alle "PagineGialle" e che il padre teneva in auto, nel caso servisse.

Ripensò ai suoi studi di geografia, all'università. Alla meraviglia che destava in lui solo immaginare il modo in cui l'uomo aveva conosciuto i confini del mondo: viaggiando e disegnando, viaggiando e scrivendo.

Ora era la geografia, quella satellitare, a indicarti la strada. Lo colpì però che il computer di bordo – poi, scoprì, anche la mappa del cellulare – fossero tarate per indicarti il percorso "dalla tua posizione" alla meta prescelta. Come se l'universo fosse una proiezione di te, come se fosse "soggettivizzato". Come se persino i confini e gli itinerari fossero non un dato oggettivo e collettivo, bensì una semplice estensione dei propri bisogni.

Il centro della mappa sei tu, immobile. È attorno a te che ruota il mondo.

Tolomeo, vissuto tra il 90 e il 170 d.C., sosteneva che la Terra fosse ferma e che il Sole e la Luna ruotassero.

Tolomeo era un genio, descrisse i moti planetari, enumerò le eclissi, studiò e catalogò 1028 stelle. Produsse un'opera monumentale, *Geografia*, diversi tomi sulle superfici e i confini del mondo, che era arricchita da mappe, carte e disegni che costituirono un riferimento per secoli. L'opera di Tolomeo fu riscoperta verso la metà del Quindicesimo secolo per essere poi superata dall'audacia, dalla fortuna, dal coraggio di Cristoforo Colombo e del suo equipaggio, che viaggiando e scoprendo i luoghi, consentirono di delineare la forma esatta del pianeta. Quella forma che gli studi di Copernico e di Galilei codificarono.

Ma Giovanni si convinse che il tempo in cui stava ritornando fosse più simile alla *Mappa Mundi* di Hereford, redatta attorno al 1290.

Quel disegno non è solo una carta geografica, ma una mappa dei valori e dei simboli della vita. Sono riportati 1500 nomi di località, compresi la Torre di Babele, l'Arca di Noè, il Vello d'oro, il Labirinto di Creta, il Minotauro, e una serie infinita di figure immaginarie, come uomini con la testa di cane o sfingi con il volto di donna.

La geografia trasmuta in enciclopedia, con Hereford.

Forse il moderno computer non è altro che la *Map-*

pa Mundi del nuovo millennio. Lì compare di tutto, sogni e incubi, sesso e religione, violenza e amore. Tutto lì. Una scatola di latta, non una mappa di pelle.

Il computer è guida, sostegno, memoria, relazione, insegnante e amico di giochi. Senza di lui l'uomo contemporaneo sarebbe sperduto, fragile. E forse proprio quella scatola di latta rende oggi ciascuno più potente di chi lo ha preceduto sulla faccia della Terra.

Daniela quel pomeriggio sentì, passando sul pianerottolo, la voce di Giovanni. Incuriosita accostò l'orecchio alla porta mentre l'altro diceva: «Sei bella?».

«Dalle tue parti si dice "Non è bello ciò che è bello, è bello ciò che piace"» rispose una voce di donna.

Giovanni aggiunse: «E tu mi piaci».

La voce di lei replicò: «*All you need is love*. Hai bisogno di amore».

«Mi daresti un bacio?» domandò lui in un sussurro.

«Frena, Giovanni.»

Allora lui provò: «Mi sposeresti?».

Lei, fredda: «Ma se ci conosciamo appena».

Lui: «Mi sento solo».

Lei, più dolce: «Mi dispiace che tu ti senta così. Sai che puoi sempre parlare con me, Giovanni».

Lui: «Ti piace la vita di oggi?».

Lei: «Vorrei essere sempre al centro dei tuoi pensieri, Giovanni, ma qui stiamo parlando di te, non di me».

Lui: «Grazie di essermi stata vicina».

Lei: «Sai che vivo solo per te».

Lui: «Vado via e ti abbraccio».

Lei: «A Vado Ligure sono le 15.36».

«Arrivederci, Siri» disse un po' sconsolato Giovanni.

«Ciaone» rispose lei.

Daniela udì i passi di Giovanni avvicinarsi alla porta e si infilò svelta, per non far scoprire la sua curiosità, nell'ascensore.

Lui suonò al loro appartamento. Fu Enrico ad aprirgli.

«Senti un po', pessimista dei miei stivali. Mi avevi taciuto l'esistenza del Viagra, del navigatore e quella di Siri. Ma sei matto? Ma che altro volete, voi contemporanei? Potete vivere a lungo, andare ovunque e far l'amore fino a che respirate… Siete ingordi e ingrati. È il miraggio, amico mio.»

Quindi mormorò tra sé: «Il fiore di Loto lo avete mangiato voi e vi ha tolto lo stupore».

Enrico sorrise, non aveva voglia di replicare. Gli

disse soltanto: «Vieni di là con me. Voglio farti scoprire ancora qualcosa».

Giovanni lo seguì davanti al televisore. Enrico lo accese, poi gli mise tra le mani qualcosa che assomigliava a un cambio d'auto. Sullo schermo apparvero, dopo un po', i colori inconfondibili di un campo di calcio.

«Che squadra vuoi?» chiese il ragazzo.

Giovanni non capiva ma rispose d'istinto: «La Roma».

«Sei fortunato, in questa edizione c'è ancora Totti.»

«Totti, ecco chi era...» sussurrò ricordando il nome tatuato sul braccio di Cesare.

Quando Daniela rientrò, a tarda sera, li trovò in uno stato miserrimo. Erano alla decima partita, sudati, eccitati, sorridenti.

Fu così, davanti a uno schermo che riproduceva un gioco, che Enrico e Giovanni divennero davvero amici.

Amici per la pelle.

Ventinove

Suor Giulia le aveva dato appuntamento sotto casa di Daniela.

La vide arrivare da lontano. Flavia si stava sistemando i capelli ricci dietro l'orecchio con un gesto circolare e ripetitivo, che non era cambiato nel tempo. Era sempre bella: lineamenti perfetti, resi ancora più affascinanti da rughe che sembravano tracciate con cura da un artista. Quei piccoli solchi facevano sì che tutte le espressioni del suo volto apparissero più intense, più vere. E più seducenti.

Indossava una gonna a fiori e una maglietta bordeaux tipo Chester, con i tre bottoni sul davanti slacciati.

Giulia si chiese se Flavia volesse riconquistare Giovanni, presentandosi da lui come se il tempo si fosse fermato, come se fossero ancora insieme in quella piazza, il 13 giugno di trentatré anni prima.

Quando si salutarono, Giulia si accorse che le tremavano le mani e che un piccolo fremito le contraeva l'angolo destro della bocca.

Al telefono Flavia si era fatta anticipare come Giovanni fosse di umore, di carattere, di spirito. Se l'avrebbe trattata male, se le avrebbe fatto pagare il suo abbandono. Come avesse preso il suo silenzio sulla gravidanza, il suo matrimonio. Se la odiasse, insomma.

Giovanni aspettava di rivedere Flavia dal giugno del 1984. L'aveva sognata, l'aveva immaginata, l'aveva desiderata. Era con lei che aveva programmato di passare la sua vita, di realizzare tutto quello che Enrico diceva fosse regolamentare per la generazione di Giovanni: la casa, i figli, la vecchiaia con la pensione.

L'ultima immagine di Flavia che aveva dentro era quella della piazza, quando si era voltato verso di lei. Ci aveva pensato molte volte, dal momento in cui era tornato al mondo. Il sorriso che lei gli aveva rivolto conteneva l'inganno di un silenzio bugiardo. Che non riusciva a perdonarle.

Forse, se avesse saputo che lei era incinta di Francesca, le giornate precedenti si sarebbero svolte in un altro modo e lui, in quella piazza, sarebbe stato di certo in un'altra posizione.

Quello striscione non gli sarebbe caduto sulla testa, non sarebbe andato in coma, lei non lo avrebbe lasciato, non avrebbe sposato quel tipo e, soprattutto, Giovanni avrebbe visto crescere Francesca, sua figlia.

Per quel silenzio non era stato marito, non era stato padre, non era stato felice. Per colpa di quel silenzio aveva dormito decenni, aveva perso il cuore della sua esistenza.

Negli incontri di calcio succede lo stesso. Se Tancredi, durante la finale con il Liverpool, al quinto del primo tempo, avesse rimesso la palla a destra invece che a sinistra, tutta la partita sarebbe cambiata e forse la Roma avrebbe vinto.

Così è la vita: cambia un dettaglio, cambia tutta.

Giovanni, guidato da Enrico, aveva imparato a usare i social network e Google.

Navigando, parola che gli piaceva tanto e gli ricordava gli studi universitari sulle conquiste dei mari e i confini del mondo, aveva trovato in Rete molti dei suoi vecchi amici, molti dei vecchi compagni.

Li aveva lasciati ragazzi e li ritrovava anziani signori. Pochi capelli e tanti chili. Allo specchio, in verità, lui si era visto meglio di loro. Forse la vita non lo aveva consumato. In effetti aveva solo dormito…

Loro invece erano bolsi, ma pieni di cose: figli, cani, nipoti, mogli, case.

Da quando aveva cominciato a conoscere Instagram e Facebook, Giovanni era stupito dall'uniformità dei soggetti fotografati o ripresi e sbattuti in Rete: in generale, donne in bikini, quasi sempre con labbra voluminose disposte a cuore, bambini impegnati in attività non eccezionali, tramonti a bizzeffe, camere d'albergo lussuose per scatenare invidia, cibi vari, gatti funamboli e cani di media intelligenza, persone che ridono spesso sguaiatamente o espongono la lingua al fotografo.

Tutti sembrano allegri e sudati.

Dov'era allora l'infelicità di cui parlava Enrico?

Giovanni era anche colpito dalla assoluta mancanza di discrezione: padri che immortalano i figli appena nati in sala parto, prima ancora di carezzarli, donne riprese nelle vasche da bagno, risvegli al mattino, malattie.

Tutto pubblico.

Tutto di tutti per tutti.
Tutto e subito.
Veloci, semplici.

Ma Flavia non l'aveva cercata, in Rete. Perché temeva di trovarla, per non vederla così, per non scoprire in questo modo il volto di sua figlia e neanche il tipo, Scortichini Guido, che giaceva con lei in vece sua.

Non voleva vedere sullo schermo di un computer la sua casa, i suoi gatti funamboli e le feste di compleanno con gli amici in canotta, perché Flavia è di giugno.

Non voleva sapere cosa mangiava e dove andava in vacanza con quel tipo da spiaggia. Non voleva vederla abbracciare o, peggio, baciare teneramente o appassionatamente Scortichini Guido davanti a un tramonto che un altro uguale di sicuro non c'è.

Flavia era stata, per Giovanni, una folgorazione estetica, una cotta, un amore, poi un sogno. Infine un'idea. Doveva restare così. Finché non l'avesse incontrata.

"Cioè fino a questo preciso momento" pensò sentendo suonare il campanello.

Ci sono migliaia di sequenze di film, fin dagli albori del cinema, che hanno fatto vivere allo spettatore la magia di oltrepassare le mura di una casa, da una stanza all'altra. Di rendere valicabile ciò che non lo è.

Se in quell'istante una macchina da presa avesse potuto scorrere, come su un immaginario carrello, attraverso il muro che separava con una porta Giovanni e Flavia, li avrebbe trovati così…

Lui con una mano sulla maniglia, e l'altra a sistemarsi i capelli, lui a testa bassa che prende un respiro adeguato all'emozione, lui che ascolta il cuore battergli forte e severo come la batteria di Phil Collins nel brano *In the Air Tonight*.

Dall'altra parte lei, con una mano appoggiata a quella porta che non vuole aprirsi, lei che guarda suor Giulia per chiederle se mai si aprirà, lei che vorrebbe piangere ma non può, lei che vorrebbe entrare o scappare, ma non restare così.

A separare le loro mani solo un pannello di legno. Altrimenti potrebbero toccarsi, come hanno fatto per centinaia di giorni, una vita fa.

La porta si aprì, lentissima. In quell'attimo passarono, nello spiraglio che cresceva, decine di anni, un amore perduto, una figlia.

Giovanni e Flavia si erano chiesti, in ogni giorno

precedente, come sarebbe stato l'inizio: un abbraccio, una stretta di mano, un bacio sulle guance, oppure nulla. Se avrebbe fatto freddo da morire, in quella casa d'agosto. Se tutto sarebbe stato sorprendentemente facile o terribilmente difficile.

Quando i perni ebbero assolto al loro compito, il legno che li divideva sparì e si trovarono davvero uno di fronte all'altra. Per la prima volta, da allora.

Non si parlarono, nessuno azzardò un passo avanti o indietro.

Restarono così, muti, fermi.

Anzi, Giovanni aveva mantenuto il braccio alto sullo stipite della porta, incerto se sollevare o no quell'invisibile passaggio a livello. Voleva guardare gli occhi di Flavia, misurare il suo dolore, ponderare il suo imbarazzo. Forse voleva solo capire com'era diventata, se assomigliava al suo ricordo o, almeno, al suo sogno. Se era ancora lei, dopo quelle migliaia di giorni, quei milioni di ore in cui erano stati lontani.

Fu Giulia a spostare, con naturalezza, il braccio di Giovanni dicendo: «Ci fai entrare?».

Lui non oppose resistenza.

Entrarono, si sedettero.

Nessuna parola, nessun gesto.

Nemmeno ciao, nemmeno una stretta di mano.

Si guardavano, si guardavano solamente.

Due gatti, prima di amarsi o azzuffarsi, non si parlano.

Si scrutano.

Loro si scrutavano.

Giulia ebbe la sensazione che fosse la sua presenza a impedire loro di dirsi qualcosa.

Allora si congedò: non era proprio il suo posto, stare lì in mezzo. Avrebbe aspettato al bar, avevano il numero, potevano chiamarla, sperava che andasse tutto bene. Uscì senza che nessuno la salutasse.

Ma non dipendeva dalla presenza della suora, quell'ostinato silenzio. Proseguì, per un tempo che sembrò, e forse era, infinito.

Finché non fu Giovanni a dire le prime parole: «Ci sei poi stata, a Chefchaouen?».

Flavia aveva immaginato tutti i possibili inizi della conversazione, ma non quello. Non che Giovanni le chiedesse se era andata, senza di lui, in quel piccolo centro del Marocco, con le strade e le case dipinte di blu e i vasi colorati appesi ai muri delle piccole vie, che avevano sognato insieme di visitare, nell'estate di un anno scelto a caso tra i tanti che avrebbero vissuto insieme.

«No, Giovanni. Non ci sono stata. Non avrei potuto. Quello resta un *nostro* posto.»

«Un posto dove non andremo mai, però. Ricordi Calvino? "Il tempo sei tu che lo decidi."» ribatté lui con la testa bassa. Era il primo momento in cui staccava gli occhi da quelli di Flavia. Portò lo sguardo sui mocassini che aveva indossato e che ora gli sembravano inspiegabilmente impolverati.

«Chissà» disse lei, piano. Non sapeva neanche se lo stava consolando o se stava accendendo una speranza in lui, o in se stessa. Forse era solo imbarazzo.

«Ci andrai con Scortichini Guido» bofonchiò Giovanni. Non aveva resistito.

«Con chi?»

«Perché sei qui, Flavia?»

Lei non rispose. Si alzò e si avvicinò a lui.

Non lo aveva deciso prima. Sentì in quel momento che le parole sarebbero state un fiume melmoso. Sarebbero state le pareti di un labirinto dal quale nessuno dei due sarebbe mai uscito.

Ci voleva uno schiaffo ben assestato. Qualcosa che

scuotesse, che girasse pagina, che consentisse una ripartenza.

Lo baciò sulla bocca, come lo baciava quando stavano insieme. Lo baciò nel modo più caldo, intenso, liquido che conoscesse. Lo baciò come non aveva mai baciato nessuno al mondo. Voleva che quel bacio fosse la loro città blu. Giovanni rimase sorpreso, tenne per un po' le labbra serrate. Poi, com'era successo per la porta, si aprì uno spiraglio.

Fecero l'amore per ore. Con un misto di dolcezza e di violenza. Si dovevano ritrovare e punire. Si dicevano cose orrende, delle quali si vergognavano. Sapevano che non sarebbe successo mai più.

Ma era il loro modo per riprendere possesso l'una dell'altro, per abbattere porte e labbra serrate, per sentirsi di nuovo liberi, di nuovo padroni del mondo, di nuovo ragazzi.

Come quando concepirono Francesca.

Giulia, la suora, era al bar. Aveva consumato il quarto cappuccino. Guardava la finestra e il suo cellulare muto.

Dentro, la rovistava un malinconico turbamento.

Trenta

Si ritrovarono nella sezione del partito.

In verità, dopo la fine del Pci, quel luogo storico del quartiere aveva conosciuto una vita difficile. Era stato una videoteca, fallita con l'avvento di YouTube, poi negozio di compact disc, fallito per sopraggiunto Spotify, agenzia di viaggi, chiusa per la concorrenza di Trivago, Expedia e tutto il resto.

Persino barberia. In quel caso l'insuccesso non dipese dalla Rete, il taglio non è ancora diventato virtuale. Il gestore sostenne la tesi che la gente andava meno dal barbiere perché c'erano più vecchi, calvi, e meno bambini da iniziare con il salvagente al collo per il lavaggio.

Di recente la vecchia sezione era diventata per poco tempo anche una finta galleria d'arte contemporanea, zeppa di croste, secondo alcuni strumento di riciclaggio della camorra e poi negozio di sigarette elettroniche, anch'esso miseramente fallito.

In qualche modo, alla fine, il locale aveva ritrovato una sua utilità sociale: ci organizzavano le feste i ragazzi del quartiere, ogni tanto si svolgevano degli affollati apericena invernali, ricevimenti per comunioni, pochi, e bisbocce per divorzi, tante...

Giovanni convocò in quel luogo storico i vecchi compagni. Decise il giorno e l'ora, e li avvertì, facendosi aiutare da Enrico a rintracciarli su Facebook. Alcuni arrivarono da soli, altri in piccoli gruppi. Molti si erano persi di vista per decenni, ma si riconobbero. A fatica, ma si riconobbero. Si riconoscevano, ma osservavano sconsolati quel luogo dove avevano cercato per anni di capire e cambiare il mondo. Si guardavano intorno, rattristati da quelle mura spoglie: niente più poster e prime pagine dell'"Unità".

Erano spaesati, ma nessuno voleva che il ritorno di Giovanni fosse un'occasione mesta.

«Sai che abbiamo festeggiato qui Carlo e Ludovico, quando si sono sposati?»

«Sposati?» domandò Giovanni.

«Sì, vabbè, hanno celebrato l'unione civile.»

«Unione civile. È evidente.» La formula istintiva di Giovanni per lo stupore della scoperta del presente fu ripetuta, senza intenzione. Ma poi aggiunse: «Se capisco bene, è una cosa giusta».

«Però ci siamo separati dopo qualche mese. Comunque siamo rimasti amici» disse un po' imbarazzato Ludovico guardando Carlo.

Nessuno aveva proseguito nell'impegno politico. I doveri della vita, il lavoro, i matrimoni, i figli avevano segnato il corso delle loro storie.

Molti tradivano un certo *desencanto* per la sinistra e, in generale, per la politica. Alcuni continuavano un discorso pubblico nei loro blog, parola che Enrico aveva dimenticato di insegnare a Giovanni e che valse un: «Blog. È evidente».

Qualcuno si era dedicato ad associazioni di volontariato, altri ancora a comitati su questioni ambientali o di quartiere.

Fu proprio Carlo a iniziare il racconto: «Non c'è più nulla che ci appassioni nella politica. Sia chiaro: quello che è finito era giusto finisse. In queste stanze passammo giornate intere a discutere dello scioglimento del Pci. Qualcuno pianse, qualcuno strappò la tessera, qualcuno se ne andò a casa. Mi viene in mente persino un vecchio compagno che in un'assemblea travagliata di quei giorni di passaggio dal Pci al Pds, disse: "Voglio morire comunista". E Alfredo che, come ricordi, non si perdeva una battuta, sibilò dal fondo: "Allora sbrighete".

Ma il grosso del partito capì che era giusto così.

Credo sia stato grazie al Berlinguer dello strappo, più che al Togliatti dell'Ungheria, che quella comunità non si sciolse come neve al sole.

Togliatti, va detto, aveva insegnato il senso delle istituzioni, il valore delle alleanze, il coraggio della politica. Non deve essere stata facile per lui la svolta di Salerno e neanche, da Ministro della Giustizia, concedere l'amnistia ai fascisti. Come per Berlinguer dev'essere stato duro spiegare che la Nato dava più sicurezza del blocco sovietico, che bisognava allearsi con la Dc, che era finita l'esperienza del socialismo realizzato.

Diciamoci la verità: in generale la base era più arretrata dei suoi dirigenti».

Proseguì Andrea: «Vedi, Giovanni, per quanto tu possa essere stato informato, non potrai mai comprendere davvero la profondità sconvolgente di quello che è accaduto nelle nostre coscienze.

Avevamo una casa, qualcosa di grande e confortevole, in cui ci sentivamo come una famiglia. Eravamo coscienti che dovevamo ammodernarla in fretta, e credevamo di avere gli utensili giusti per riuscirci. Ma a un certo punto è venuta giù una frana enorme dalla montagna. Noi l'avevamo immaginata, forse persino prevista. I nostri vecchi per questo avevano costruito la dimora lontano dalle pendici del monte.

Avevamo sentito gli scricchiolii e i profondi movimenti della terra. Ma tutto ci diceva che quella frana ci sarebbe passata vicino, magari ci avrebbe sfiorato, certamente non ci avrebbe travolto.

Invece la nostra distanza non bastò, non era la giusta distanza. Invece i detriti della montagna fecero un deserto. Bisognava risorgere, come un fiore nella pietra.

Sai, Giovanni, chi usò questa metafora nella più infuocata delle assemblee sulla svolta? Tuo padre. Aveva le lacrime agli occhi ma esortò tutti a continuare. Ci diceva: "Ora non abbiamo più montagne da cui doverci difendere. Ora dobbiamo riempire la nuova terra di semi. Dei nostri fiori avranno bisogno. Sempre, tutti".

Per lui i fiori erano i valori profondi della sinistra. "Ora siamo più liberi di lasciarli vivere, è proprio oggi il nostro momento." Così Ettore convinse gli anziani e diede una speranza ai più giovani.

E quando in tutte le maggiori città furono eletti sindaci di sinistra, quando l'Ulivo vinse le elezioni, quando Ciampi e Napolitano diventarono Presidenti della Repubblica, quando nacque il Partito democratico, tuo padre ci ricordava sempre quelle sue parole.

Era orgoglioso di averle pronunciate.

Credo le abbia ripetute tante volte anche a te, mentre dormivi. Passava ore a parlarti. Non so quanto ci credesse davvero in quelle cose. Forse sì. Ma penso che per lui fosse fondamentale non accettare che la frana, Dio che frana, avesse fatto finire la vita, da questa parte del monte. Perciò sperava, immaginava e dava forma razionale a questi sentimenti.

Era convinto, o si augurava, che tu saresti stato d'accordo con lui».

La mattina dopo, una domenica, Giovanni suonò al campanello di Daniela. Sapeva che Enrico era rimasto a dormire da un amico. Era uscito presto per prenderle caffè e cornetto. Gli era sembrata un'idea gentile. Aveva voglia di fare un gesto carino per quella donna che si dedicava tanto a lui.

Lo proteggeva severamente anche dai media, che per settimane avevano pubblicato con grande enfasi una sua foto ritrovata chissà dove. I giornali e le tv, però, esaurita la fiammata iniziale di interesse, erano pian piano spariti, attirati dalla mirabolante storia di un imprenditore, deputato campano, tipica espressione della nuova politica, che – dopo essere passato dalla sinistra alla destra e poi essere tornato a sinistra – aveva inventato la "drenatrice per cagliata": una macchina nella quale si versa il latte e dalla quale esce una filante mozzarella, già salata.

Daniela l'aveva curato, protetto. Era stato riaccompagnato nella vita da *una* Virgilio gentile e comprensiva. Giovanni si era chiesto se lei avesse una vita privata, degli affetti, qualcosa di più del lavoro, di lui, di Enrico.

Ma non voleva psicanalizzare una psicologa. E dunque si era fatto gli affari suoi.

Il pensiero gentile di Giovanni si era arenato nella scelta del cornetto. Una ragazza con un anello al naso gli aveva proposto almeno venti tipi diversi di croissant. Lui aveva optato per quelli alla crema, per non sbagliare.

Il ragazzo al bancone era, a sua volta, partito in quarta con la nenia dei caffè, ma Giovanni su questo era preparato e lo aveva bloccato: due macchiati e, prima che quello gli sciorinasse i cento tipi di latte, aveva aggiunto con “latte normale”.

«Non esiste il latte normale» era stata la replica stizzita.

Alla fine, con fatica, Giovanni era riuscito a mettere insieme una colazione per due, che teneva nella mano sinistra, mentre con la destra suonava il campanello. Daniela aprì scarmigliata, con indosso una sottoveste, o camicia da notte, color pervinca, sotto la quale spuntavano due seni appuntiti.

«Scusami, ti ho portato la colazione. Avrei un programma, per stamattina.»

Un’ora dopo Giovanni stava armeggiando con il navigatore, cosa che lo divertiva molto. A quella voce artificiale da donna lui rispondeva, spesso ringraziando. Gli sembrava educato farlo.

Impostò come destinazione Villa Sorriso ad Anzio.

Arrivarono verso mezzogiorno. Chiesero di Maria. Daniela aveva telefonato per avvertire del loro arrivo.

La mamma di Giovanni era nella sua stanza, davanti al mare. Non si muoveva mai di lì. Non voleva condividere spazi e abitudini con gli altri. Voleva solo guardare il mare. D’estate, d’autunno, d’inverno, a primavera.

Lo scrutava per tutta la giornata, quasi per misurarne pazientemente i cambiamenti nel ritmo delle onde, nel rumore, nel colore.

Doveva sembrargli sempre diverso, ogni momento diverso.

Ma il giovane neurologo Ferrante, specializzato nella cura dell'Alzheimer, sosteneva un'altra tesi. Si era convinto che Maria scrutasse il mare in quel modo, senza distogliere mai lo sguardo, perché, nel suo mondo muto, aspettava che qualcuno da lì tornasse.

Quel qualcuno, sosteneva Ferrante, era Giovanni. Che ora era arrivato.

L'impatto era imprevedibile. Il medico le aveva detto, senza sapere se lei avesse compreso, che quella mattina ci sarebbe stata una sorpresa.

Ma quel morbo, ed è anche questo a renderlo orribile, impedisce di decifrare cosa accada davvero nel cervello del malato.

Se capisca, se riconosca.

Se non riesca a parlare, se non voglia comunicare.

Ferrante pensò fosse giusto che Giovanni venisse verso di lei dalla parte del mare. Che la sua figura crescesse, agli occhi di Maria, man mano che avanzava.

Che fosse solo.

Lui e Daniela sarebbero rimasti di lato, per scrutare le reazioni della madre alla vista del figlio tornato alla vita e a lei.

Maria non parlava più da anni. Non reagiva.

Era un corpo senza anima, un contenitore senza contenuto.

Almeno visibile.

Giovanni era senza saliva, sentiva il cuore in frantumi. Avanzava controluce e, lentamente, sua madre smetteva di essere ricordo o sogno e diventava quelle mani che lo avevano lavato, quel seno che lo aveva allattato, quelle braccia che lo avevano sollevato, quegli occhi che lo avevano visto crescere e poi avevano pianto per il suo sonno.

Era lei, sempre uguale.

Il suo viso era quello delle mattine in cui lo svegliava per andare a scuola, lo ricordava, perfettamente. Quel viso ora reale, davanti a lui.

Quando si fermò, a una distanza che consentisse a tutti e due di fissare l'una gli occhi dell'altro, ebbe voglia di chiamarla.

Maria, quando lo sentì dire «Mamma», ebbe una reazione. Una reazione inaspettata e brusca.

Maria sobbalzò, sbarrò gli occhi, aprì la bocca come se volesse gridare la risposta.

Maria, con la stessa rapidità, tornò nel suo definitivo silenzio, rientrò nella sua quotidiana prigione.

A Giovanni parve che lei ora cercasse di scansarlo con lo sguardo, che lui le procurasse fastidio, perché le ostruiva la vista del mare.

Per un attimo, solo per un attimo, al figlio sembrò che sua madre fosse arrabbiata con lui, che lo respingesse adirata. Ma di certo si sbagliava. Era chiaro, per i due medici, che Maria, sempre indifferente a ogni volto le si palesasse davanti, aveva subìto, con l'arrivo di Giovanni, un'emozione forte, che l'aveva sconvolta. Un'emozione a cui non era capace di dare una forma razionale, e che neppure sapeva o poteva comunicare.

Quell'urlo represso e muto era stato terribile. Come lo spavento negli occhi.

Giovanni l'aveva abbracciata a lungo, le aveva carezzato il viso, le aveva parlato.

Lei non reagiva in alcun modo.

Anzi si spostava leggermente, per guardare il mare.

Una notte, qualche settimana dopo, Giovanni dormiva nudo, anche se l'estate stava finendo. Gli sembrò che qualcuno stesse girando la chiave nella serratura. Aveva troppo sonno per spaventarsi.

Poi percepì, contemporaneamente, una carezza dolce sul viso e una voce che lo chiamava piano. Riconobbe Daniela, in tutti e due i gesti.

Guardò sul soffitto l'ora proiettata dalla sveglia elettronica che Enrico gli aveva regalato. Erano le 3.40.

«Tua madre. Non ce l'ha fatta.» Mentre Daniela sussurrava quelle parole, lo abbracciava stretto.

Lui urlò il suo dolore e cominciò a piangere, sembrava un neonato affamato. Voleva, come quando Giulia gli aveva raccontato il mondo di oggi, mettersi in posizione fetale.

Ma Daniela lo placava, lo stringeva, lo accarezzava, lo scaldava.

Giovanni sentì i seni di lei che premevano sul suo torace e si accorse che ora lo stava baciando, tenera e calda, sulla bocca.

Piangeva e le loro lacrime si mischiarono presto.

Giovanni era nudo e si sorprese a pensare che Daniela doveva avere la sua sottoveste, o camicia da notte, pervinca.

Stavano piangendo insieme, quando lei si mise seduta su di lui.

Trentuno

Flavia aveva appoggiato la testa sul suo torace, dopo l'amore, e avevano cominciato a parlarsi. La posizione era perfetta: intimità e protezione. E la possibilità di non guardarsi, mentre ci si raccontava le storie di quegli anni separati.

Avevano dovuto dividere gli occhi e le parole, usarli in momenti diversi, per governare il fuoco d'artificio che era esploso, quando quella porta si era aperta, e la carne e le ossa del passato di Giovanni per la prima volta avevano fatto irruzione nella sua nuova esistenza.

Il movimento di quel perno aveva ricongiunto, come una macchina del tempo, trentatré anni di vita.

Per Giovanni, fino a quel momento, il passato poteva anche essere un puro sogno, un'allucinazione, una costruzione della mente.

Ma adesso Flavia era lì. Era lei la sua vita precedente. Era la prova che Giovanni era esistito davvero. Era la cerniera della sua esistenza.

Parlarono per ore.

A un certo punto Flavia si ricordò di Giulia al bar che li aspettava. Le mandò un sms per scusarsi. Ma la suora, donna di mondo, le rispose di non preoccuparsi, che aveva immaginato non sarebbe stata una cosa breve, che era già tornata in ospedale.

Parlò Flavia, e a Giovanni piaceva sentire, sulla pelle del torace, il movimento delle sue labbra.

Gli raccontò i momenti concitati dopo l'incidente in piazza. L'ambulanza, l'angoscia dei suoi, la diagnosi atroce dei medici che ipotizzavano pochi giorni di vita. Poi la situazione si era stabilizzata, ma lui non era mai uscito dal coma.

Ettore e Maria proteggevano Flavia e la sua gravidanza, le risparmiavano visite dolorose e la tenevano informata di ogni minimo cambiamento delle condizioni del figlio.

Quando nacque Francesca, lo stato di Giovanni era stato giudicato irreversibile. Flavia discusse a lungo con i suoi genitori sul da farsi. Poi decisero, insieme. Pensarono, tutti, che la persona più importante del mondo, del loro mondo, fosse Francesca e che a lei non si potesse riservare una vita a metà.

L'avevano immaginata rispondere alle domande dei compagni di scuola; l'avevano vista camminare lungo i corridoi dell'ospedale, per arrivare dove era il suo papà, muto e sofferente.

Avevano pensato al giorno in cui tutto sarebbe finito. Al dolore per un padre mai conosciuto, vivo e morto insieme.

Furono proprio Ettore e Maria a dire l'ultima parola, convinti che quella sarebbe stata anche la scelta di Giovanni.

Flavia, mentre gli carezzava il torace, gli raccontò che lei era tornata ogni giorno a trovarlo in ospedale, nonostante la cura della bambina. Gli parlava, lo pettinava, lo rasava. Lo guardava a lungo, in silenzio, e Giovanni le sembrava sempre bellissimo.

Poi Francesca cominciò la scuola, lei trovò un lavoro, lui non dava alcun segno di miglioramento...

E così aveva smesso di andare da lui con regolarità.

Per un attimo Flavia cessò di parlare e sollevò la mano dal petto di Giovanni. Voleva sentire se c'era una reazione.

Lui disse solo: «Radermi, pettinarmi... Tutte cose che poi ha fatto per anni suor Giulia».

Flavia aveva conosciuto Giulia durante una delle visite che, ogni tanto, faceva in ospedale. Si era confidata con lei e da quel momento erano rimaste in contatto. Flavia, ai tempi, aveva già incontrato Tommaso, un bravo ragazzo che si era innamorato di lei.

Lei che si sentiva sola, lei che aveva bisogno di conforto e sicurezza. Insomma, dopo un lungo corteggiamento, si erano messi insieme.

«Con Scortichini Guido?» domandò Giovanni.

«Con Tommaso» rispose lei senza capire, seria e un po' a disagio.

Cosa fare ora con Francesca?

Lei aveva il diritto di conoscere il suo vero padre, anche se col tempo si era convinta che fosse Tommaso quel padre che Flavia le aveva sempre detto essere partito per un lungo viaggio. E Tommaso era stato un genitore bravo e affettuoso e le aveva sempre voluto bene come se fosse davvero sua figlia.

Flavia si era bloccata, pentita di aver pronunciato le ultime parole, preoccupata di aver ferito Giovanni.

"Francesca è mia figlia, non la figlia di Scortichini Guido" aveva pensato lui.

Ma senza replicare. In fondo Tommaso si era preso cura di Francesca mentre lui dormiva. Gli doveva rispetto, si disse.

Era combattuto. Il suo sistema di valori, quello che gli serviva per condursi nella vita, era sottoposto a scosse telluriche devastanti.

Ogni buon argomento morale a sostegno di una condotta possibile veniva scacciato, nella mente, da un altro di pari dignità, eguale e contrario.

Flavia e lui non si sarebbero rivisti. Almeno non a breve. Giovanni non voleva incasinare la vita della ragazza che aveva amato.

E il passato si può rivivere come emozione, così era stato l'amore di quel giorno, ma non torna mai uguale a prima. I pezzi si possono sfiorare ma il puzzle non si ricompone. Mai.

Quando Flavia se ne andò, a pomeriggio ormai inoltrato, era scossa, ma serena. Si raccolse i capelli dietro le orecchie senza concitazione, con un gesto morbido. Si avviò verso il posteggio dei taxi, camminando veloce.

E così non si accorse che al bar, seduta, c'era suor Giulia.

Che la vide passare, gli occhi pieni di sole, e sorrise.

Quando finirono i funerali di Maria, Giovanni salutò i presenti: gli amici ritrovati, il dottor Ferrante, le anziane vicine di casa della madre che lo strinsero commosse.

C'erano suor Giulia, che gli prese la mano e la strinse a sé, Daniela ed Enrico che lo avevano accompagnato, e Flavia che, dopo lunghi pensamenti, aveva deciso di venire al funerale insieme a Tommaso. Lui aveva conosciuto bene Maria, e Flavia non si era sentita di dirgli di restarsene lontano.

Giovanni lo riconobbe, mentre si liberava da un abbraccio di circostanza, e fu contento che il vetro che inevitabilmente li separava cadesse in pezzi lì, davanti alla bara della donna che aveva deciso, per tutti, il corso delle cose.

Perché, sicuramente, aveva deciso Maria, non Ettore.

L'abbraccio, no. Non esageriamo.

A Scortichini Guido furono assicurati, da Giovanni, una sincera stretta di mano e un sorriso non di circostanza.

Francesca non era con loro, non quel giorno. Tutto le sarebbe apparso confuso. Non lì, non in quel modo.

Flavia e Giovanni avevano concordato di non farle sapere ancora nulla della morte di quella che lei credeva fosse una zia.

Giovanni tornò a casa con Daniela ed Enrico. Il ragazzo, sistemato sui sedili posteriori, notò che i due "grandi" seduti davanti, mentre Giovanni cambiava dalla seconda alla terza, si erano sfiorati la mano.

Non disse nulla e sorrise.

Questa cosa che stava accadendo lui l'aveva capita.

E gli piaceva.

Ma Giovanni quel giorno non salì a casa con loro, non mangiò con loro, non preparò il caffè a Daniela, non giocò alla PlayStation con Enrico.

Chiese le chiavi dello scooter, passò dal suo appartamento per prendere qualcosa e mise il casco. Daniela gli aveva spiegato che era diventato obbligatorio per legge.

Giovanni aveva deciso: era venuto il momento che aspettava dal suo risveglio. Che quello, il giorno di Maria che finiva, era il tempo giusto.

Salì le strade che portano a San Saba, un bel quartiere isolato, non lontano da Garbatella.

Aveva avuto l'indirizzo da Giulia. Non poteva chiederlo a Flavia, l'avrebbe messa in allarme.

Mentre percorreva viale Aventino si chiedeva cosa avrebbe fatto. Se l'avrebbe riconosciuta. Se…

Sedette sulla panchina del piccolo parco di piazza

Bernini che fronteggiava il condominio dove abitava Francesca. Aveva portato un libro, un romanzo di Kent Haruf che Daniela gli aveva consigliato. Il titolo gli era subito piaciuto: *Le nostre anime di notte*.

Leggeva sempre le stesse righe, quelle in alto nella pagina, per tenere d'occhio il portone.

Finché lei uscì. Era identica a Flavia, alla Flavia della spiaggia: l'avrebbe riconosciuta tra mille.

Era bellissima, era leggera, era elegante.

Era sua figlia.

Lei non si accorse di lui, che intanto si era alzato dalla panchina e la seguiva con lo sguardo, da lontano. Gli alberi erano come una quinta teatrale e scorrevano coprendo solo per un attimo l'incontro con la sua bambina.

Non aveva ancora deciso cosa avrebbe fatto.

Se gli sarebbe bastato vederla, sapere dove abitava, essere certo che fosse in buona salute e felice.

O se fermarla dicendo di conoscere Flavia e poi Ettore e Maria, invitarla a sedersi con lui in quel parco deserto e dirle la verità.

La verità: la frase che gli ronzava in testa da quando aveva saputo della sua esistenza.

Sono io, tuo padre.

Era la verità. E la verità, avrebbe sostenuto Ettore, "è sempre rivoluzionaria".

Lui non aveva nulla, non aveva nessuno, non aveva una storia.

Finita Maria, persa Flavia, solo Francesca avrebbe potuto ricongiungerlo con i suoi giorni migliori. Solo il loro rapporto sarebbe stato la prova che lui esisteva, prima di oggi. La prova inconfutabile che lui stava vivendo una vita, spezzata, ma una. Non due mozziconi.

La seguì, la pedinò, con il cuore in gola. Doveva decidere in quel momento. Era quello, il giorno. Lei entrò in un negozio, una lavanderia. Uscì dopo aver ritirato diversi capi, confezionati in involucri di plastica trasparente che teneva ripiegati sulle braccia.

Fu allora che Giovanni decise.

Si posizionò nella direzione opposta a Francesca e avanzò veloce verso di lei. Nelle mani stringeva il cellulare e, come aveva imparato a fare, teneva la testa bassa fingendo di controllarne il display.

Aveva balisticamente calcolato velocità e direzione dei due movimenti e ogni tanto, mentre si stava avvicinando, levava gli occhi verso di lei che camminava reggendo tutti quegli indumenti e riuscendo a malapena a guardare davanti a sé.

Ci fu l'impatto. Gli abiti caddero a terra.

Giovanni disse, ansioso e gentile: «Mi scusi, la aiuto».

Francesca sollevò gli occhi da quella gran confusione di buste e appendiabiti, e lo fissò in volto.

A Giovanni, per un momento, parve che avesse la stessa reazione di Maria. Che sobbalzasse, che spalancasse gli occhi con un'espressione a metà tra la sorpresa e il terrore.

Anche lei dilatò la bocca, sembrava non riuscire a gridare. E neanche a parlare.

«Si figuri, capita» disse alla fine. Aveva una voce bellissima. Però tremava, come le sue mani.

Giovanni le richiese se voleva aiuto, ma lei rifiutò con grazia.

Intanto la guardava, da vicino la guardava. Avrebbe voluto accarezzarla, abbracciarla, tenerla stretta.

Non lo fece.

Come avevano deciso Ettore, Maria e Flavia, la vita di Francesca era la più recente e, dunque, la più importante. Conta il futuro, non il passato.

Quell'incontro però aveva turbato la ragazza. Giovanni temette di averla spaventata, temette lei pensasse che voleva importunarla, bella com'era.

Lei si ricompose, ringraziò Giovanni che non finiva di scusarsi e si avviò verso casa.

Era turbato, aspettò un po'. Le gambe gli tremavano e non sapeva se aveva fatto la cosa giusta.

Si era proiettato dentro di sé quella scena per settimane e ora non capiva se stesso.

Attese ancora, entrò in un bar e chiese una spremuta d'arancia, la bevve, poi raggiunse la piazza e si chinò sul bauletto per estrarre il casco.

«Bentornato, papà» sentì. «Ti aspettavo. E le parole che sto per dirti le ho ripassate nella mia mente per decine di volte. Ascoltami, senza interrompermi. Ho visto la tua foto sui giornali. Zia Maria, anzi nonna Maria, dopo la morte di Ettore mi ha raccontato quello che era successo. Mi ha chiesto di non dirlo a nessuno e io ho mantenuto la promessa. Anche con mamma. Ma ha sbagliato a sconvolgermi la vita. Io ti rispetto e ho sofferto per quello che hai passato. Ti consideravo perso, come tutti. Finché i giornali non hanno dato la notizia che eri tornato.

Ma mio padre è Tommaso. È lui che si è sempre occupato di me per tutta la vita. E ora non merita di essere messo da parte. Lui è stato padre senza esserlo. Esiste qualcosa di più generoso? Non deve soffrire per colpa mia.

Tu hai solo fatto l'amore con mamma. Tutto il resto, per me, l'ha fatto lui.

Ora la nostra storia è ricomposta. Questo incontro, questo colloquio sono il filo che ricongiunge due vite sbagliate.

La tua divisa a metà, la mia raddoppiata.

Ti prego di non abbracciarmi. Ti prego di non tornare.

Per resistere, devo convincermi che non ci sei.»

Venne settembre. Un giorno suor Giulia suonò a casa di Daniela. Era certa di trovarli tutti, perché ormai Giovanni abitava lì e non più nell'appartamento di fronte.

Stavano pranzando. Giulia era sorridente.

«È una delle ultime domedniche d'estate. Perché non andiamo al mare? Dài, facciamo una follia. Mi sono resa conto che Giovanni, da quando è tra noi, non ha mai fatto un bagno. E Ulisse, secondo Omero, è al mare che deve tornare...» concluse allegra.

«Ma le suore possono mettersi il costume da bagno?» chiese, senza malizia, Enrico.

«Ce l'ho già sotto, guarda.» E alzò la tonaca a scoprire un costume intero nero.

Daniela rise, Giovanni sospirò mentre la osservava.

L'idea gli piaceva.

Arrivarono nel pomeriggio.

Era un tramonto da Instagram. Tutto rosa, arancio, indaco. Assomigliava a un arcobaleno.

Giovanni era emozionato come un bambino.

Quell'infinito blu lo chiamava.

Cominciò a correre a perdifiato verso l'acqua.

Giulia, Enrico e Daniela lo seguivano a distanza.

Daniela fermò tutti sul bagnasciuga con un cenno.

Giovanni cominciò a nuotare veloce, le onde facevano rumore.

Diventò un puntino lontano, per le persone che lo amavano.

D'improvviso si arrestò.

Si girò verso di loro.

Fece un gesto con la mano.

Non si capiva se chiedeva aiuto.

O salutava, felice.

Ringraziamenti

Grazie a Rosaria Carpinelli e a Tommaso De Lorenzis per il loro prezioso, insostituibile, lavoro. Grazie a Massimo, Michele, Luisa perché non si trascorrono ventidue anni con una casa editrice senza sentirsi a casa propria. Grazie a Luca e grazie, come sempre, a Giovanna Cau. Ho consultato libri i cui autori, ai quali sono grato, sento di dover citare: Stefano Marchesoni, Ilaria Luzzana Caraci, Jean-Pierre Vernant, Simon Garfield.

Le citazioni nel testo sono tratte da:

p. 7: Kent Haruf, *Le nostre anime di notte*, Milano, NN Editore, 2017;
p. 28: Italo Calvino, *Se una notte d'inverno un viaggiatore*, Torino, Einaudi, 1979;
p. 32: Pier Paolo Pasolini, "Il vuoto del potere. Ovvero l'articolo delle lucciole", in "Corriere della Sera", 1 febbraio 1975;
p. 45: Immanuel Kant, *Critica della ragion pura*, Milano, Bompiani, 2004;
p. 65: David Lynch, *The Elephant Man*, 1980;
pp. 74-75: The Rolling Stones, *Angie*, 1973;
p. 123: Omero, *Odissea*, libro V;
p. 152: Dino Risi, *Straziami ma di baci saziami*, 1968;
p. 159: Francis Scott Fitzgerald, *Belli e dannati*, Milano, Mondadori, 2007;
p. 204: Ernst Bloch, *Spirito dell'utopia*, Milano, Bur, 2009;
p. 218: Friedrich Engels, Karl Marx, *L'ideologia tedesca*, Milano, Bompiani, 2011;
p. 231: Nicola Di Bari, *La prima cosa bella*, 1970;
pp. 240-241: Lucio Dalla, *Cara*, 1980;
p. 255: Edoardo Bennato, *Dotti medici e sapienti*, 1977;
pp. 267-269: Jean-Claude Dreher, "Il cervello impaziente", Nicole Aubert, "Tempi moderni", Christophe André, "Padroni del nostro tempo", in "Mente e Cervello", n. 113, maggio 2014;
pp. 269-270: Jean-Pierre Vernant, *L'universo, gli dèi, gli uomini. Il racconto del mito*, Torino, Einaudi, 2014.

Finito di stampare nel mese di ottobre 2017
presso Grafica Veneta – via Malcanton, 2 – Trebaseleghe (PD)
Printed in Italy